大宋帝国 5

三川喋血

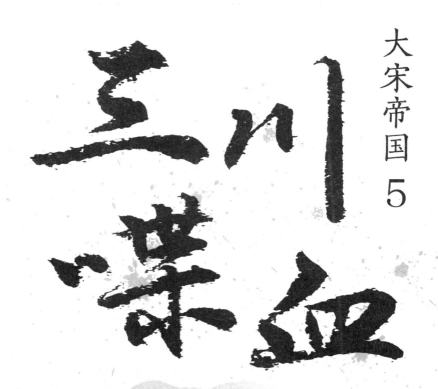

葛红兵　孟盛 著

上海大学出版社

图书在版编目（CIP）数据

大宋帝国 . 5, 三川喋血 / 葛红兵, 孟盛著 .
上海：上海大学出版社, 2024. 11. -- ISBN 978-7-5671-5110-9

Ⅰ . I247.5

中国国家版本馆 CIP 数据核字第 2024D1E144 号

责任编辑　徐雁华
助理编辑　陈　荣
封面设计　倪天辰
技术编辑　金　鑫　钱宇坤

大宋帝国 5：三川喋血
葛红兵　孟　盛　著
上海大学出版社出版发行
（上海市上大路 99 号　邮政编码 200444）
（https://www.shupress.cn　发行热线 021-66135112）
出版人　余　洋

＊

南京展望文化发展有限公司排版
江阴市机关印刷服务有限公司印刷　各地新华书店经销
开本 710mm×1000mm　1/16　印张 15　字数 167 千字
2025 年 1 月第 1 版　2025 年 1 月第 1 次印刷
ISBN 978-7-5671-5110-9/I·718　定价 78.00 元

版权所有　侵权必究
如发现本书有印装质量问题请与印刷厂质量科联系
联系电话：0510-86688678

目　录

引子　001

一、乱政当道　010

1. 红粉劫　010
2. 宫女血　014
3. 藏拙记　018
4. 隐居士　022
5. 伪装者　027
6. 箭在弦上　032
7. "假皇帝"　037

二、乘胜追击　043

1. 丧葬日　043
2. 鬼迷心　048
3. 残阳血　051

4. 花间酒 054

5. 黄锦囊 061

三、分裂之势 064

1. 大国殇 064

2. 太后薨 071

3. 群臣危 074

4. 百姓憎 076

5. 圣旨令 080

四、内斗升级 083

1. 食人村奇遇 083

2. 巧遇桃花劫 092

3. 送君千里外 096

五、出征 103

1. 如何是好 103

2. 野心外露 108

3. 边境风云 111

4. 千金难英雄 114

5. 重重意外 117

6. 谋定而后动 120

六、三川口惊魂 124

1. 头战之势 124
2. 阴谋 130
3. 危机初显 133
4. 偷袭之术 136
5. 声东击西 140
6. 兵败如山 144

七、前路茫茫 147

1. 三川口之责 147
2. "莲"香惜玉 150
3. 皇帝也犯难 156
4. 赶赴"鸿门宴" 159
5. 横生意外 162

八、蛇蝎美人 167

1. 神秘奏章 167
2. 身世危机 169
3. 将相不和 173
4. 铁箱信鸽 177
5. 断肠毒酒 181
6. 生死之交 185

九、拯救危难 189

    1. 牢狱之灾 189
    2. 天子亲征 192
    3. 陪皇演戏 195
    4. 死胎之谜 199
    5. 仲淹变革 202

十、巅峰决战 208

    1. 老臣误国 208
    2. 危险出兵 213
    3. 杀机暗藏 217
    4. 向死而生 220

尾声 228

引 子

奉符县,满地黄金。乾封县,遍地尸骨。

说来也怪,就这么一个不起眼的小县(大中祥符元年,即公元1008年,赵恒封禅泰山后,将乾封县改名为奉符县),却承载了诸多的历史。秦始皇来过,汉武帝来过,汉光武帝来过,唐高宗、玄宗也都来过此地。他们来的目的只有一个——"封禅"。

封禅是了不得的伟业,从始皇帝起便制定礼制,整修山道,自泰山之阳登山。在岱顶行登封礼并立石颂德。坊间传说,唯有一代明君,才能登泰山进行封禅,以表示帝受王命于天,向天告太平,对上天佑护之功表示答谢,更要报告帝王的政绩如何显赫。

"呀呀个呸的,百姓都快饿死了,封禅封禅,封它个啥!"一个满脸络腮胡子、手握大刀的壮汉破口大骂。

如此大逆不道的话,按理说店小二应该劝阻,免得误了生意。可是,眼下乾封县的市集空无一人,客店久未开张,好不容易引来两位住店的游子,就随他骂吧。要是劝阻,这单生意怕也是要黄了。

"韩琦将军,你就少说两句吧!"一旁的白衣书生,接过小二手中的酒壶,为这壮汉斟酒。

"你说这是什么世道?皇帝老子封禅,享尽荣华富贵,老百姓却要忍受饥饿?"

韩琦咒骂的声音很快被店外的嘈杂声盖过。

二人全向外看,方才还说笑的小二换了个人似的,一口一个"官老爷"。

领头的衙役眼珠子凸出,胡子拉碴,将小二向后重重一推,嚷道:"交不出田税就把这客店拆了。"

小二说:"官老爷,您这两天一税,任谁也交不起啊。"

"上次交的是过税,这次是住税。你看看这文书,白纸黑字还按着你们的手印,怎么想要赖不成?"

领头的衙役踢翻了凳子,向小二抡起巴掌道:"交不出住税,这家店就收了。"

小二趴在地上,衙役咧着嘴踢向他,却被忍耐多时的韩琦用掌背挡开。

韩琦大怒道:"一个小衙役竟敢打老百姓?"

见韩琦又要挥拳,白衣书生挥衣袖,像是蜻蜓点水,竟将蛮汉之力悄然卸下。这化力之势常人是不能见到的,韩琦一惊,没有恼怒,竟哈哈大笑起来。

那个被韩琦打伤的衙役从地上起来,没了主意,眼色一勾,招呼其他同伴一起围住白衣书生。小二捂住嘴巴哆嗦地退到内室,他好心想劝韩琦一起逃跑。韩琦又哈哈大笑起来,给自己倒了一

引　子

壶酒,说:"又有好戏看了!"

酒才喝了三杯,他又皱起眉头,走到白衣书生和已经被打得趴下的衙役面前,直呼不过瘾。白衣书生又将衙役们扶起,他刚刚出手的分量并不重。

原先面露狰狞的衙役们此刻没了脾气,纷纷跪地求饶。

白衣书生拱手作揖,说:"在下范仲淹。"

益寿宫是奉符县专门为皇帝赵恒搭建的行宫,倒不说每一块墙砖都是工匠九九八十一天日夜用金漆浇铸,单是这宫殿之上的台阶、圆柱、檐角也是由上好的石材雕漆而成的。行宫在东,西面是可供妃子们观赏的林园,与东西两面气势如虹的建筑不同的是,北面却是一间茅草屋,有重兵把守。一个道长打扮的男子坐在草屋内,闭着眼睛。宫女们为他左右摇扇,只听到身边的太监时不时称他为官家。老太监曹公公在他耳边说了一句:"宰臣王旦求见。"

"让他进来吧!"男子闭上的眼睛慢慢睁开,同时,屏障内的刘皇后携宫女们将麒麟龙袍放到他面前。

刘皇后约莫三十岁,但依然保持着出嫁前的身段,只是一双深邃的眼睛,透露出一股狠劲。

"朕不穿,还是这身衣服自在。"

"圣上,穿上吧!"刘皇后走到赵恒面前,为他披上。

赵恒没有拒绝,僵硬的脸庞露出了笑容,道:"好!好!"

赵恒对刘皇后恩宠有加。刘皇后出身寻常百姓,在赵恒还是太子的时候，微服出访时，便将她接入宫中，甚至不惜惹怒先帝也要立她为正室。多年来，刘皇后多次插足朝政，培养了一批自己的亲信。有人说，皇后娘娘才是大宋的实际掌管者。

宰臣王旦一进门，便大呼万岁，劝赵恒尽早结束封禅，回京处理政务。

"圣上，奉符县的百姓已经苦不堪言了。如果再继续封禅，估计这冬天就要闹饥荒。"

赵恒不答话，反而是刘皇后欲扶起王旦说道："老丞相，快起来吧。您是今天第十二个来这里求圣上的臣子了。"

王旦说："那娘娘也好好劝劝圣上吧！"

赵恒道："王旦，你老糊涂了！这天下是朕的天下，这百姓是朕的百姓。现在，天下一片祥瑞，大宋积三代之力，日益强盛。封禅不是为了朕，而是为了天下百姓！爱卿多虑了，朕最近酿制了一坛美酒，曹公公替朕送给宰臣！"

王旦叹了一口气，抱着酒坛走出益寿宫。他对仍然跪在殿外的范仲淹说："老臣也劝不动圣上了。"

此时，范仲淹因诗文而颇受赵恒赏识，此次封禅随同前往。

"王大人，你怀里的是什么？"

王旦付诸一笑："圣上说这是给老臣的佳酿。范大人，你对封禅怎么看？"

范仲淹道："无论如何，范某一定要力谏圣上结束封禅。"

王旦没有劝阻，而是赞许地拍了拍范仲淹的肩膀。他离开之前，往酒坛里一瞥，满坛的珍珠发出微微的幽光。

引 子

兴许是累了,赵恒躺在榻上。他召唤曹公公将太子召来。太子赵祯只有八岁,但天资聪颖,已读书千卷,深得赵恒的喜爱。

"圣上今日如此疲惫,太子就不必请安了吧。"刘皇后捶着他的背,在一旁说道。

"朕不累,曹公公把太子叫来吧。"

刘皇后心里一紧,虽然赵恒对她百依百顺,就连国事都会让她参与,但唯独谈及太子,他又会露出固执的一面。

曹公公领旨,但不急于退下,道:"圣上,还有一事,那殿外还跪着校书郎范大人。"

"所为何事?"

"也是为了……"

刘皇后说:"让他下去吧。就说圣上已经休息了。"

赵恒道:"慢着!一个校书郎也想劝朕改变心意?有点意思,让他进来吧。"这是赵恒今天第二次驳了刘皇后的意思。

刘皇后有些不悦,只得退到一边,充满怒气地紧盯缓缓上前的范仲淹。

赵恒说:"爱卿,七天后朕会起程返京。封禅之事,已经成行,不必再提!"

范仲淹答道:"臣不是为此事。"

"那是为何?"

"臣恳请圣上勤政,先祖遗训,后宫不得涉政!"范仲淹说完,看向刘皇后。

"圣上知道国库还有多少银两?知道封禅所需多少真金白银?

知道各地官员为此缴纳多少赋税?知道多少百姓无粮可食,衣不遮体,饿死街头?知道现在粮价几何?知道朝廷多少官员是刘皇后亲信?地方副使灾情不报,哪怕是一个小小的县令都敢克扣税银。盗贼横行于世,民不聊生!臣请圣上明鉴!"

"混账东西!来人,把范仲淹给我拿下,一派胡言!"赵恒踢翻了眼前的铜炉,大骂范仲淹目无君主,不忠不孝。要不是此时年幼的太子赵祯跑出来叫嚷着要和父皇玩,保不准范仲淹人头落地。

尽管范仲淹一再劝谏,刘皇后却出奇平静,道了声累了便携宫女退下,也不管这君臣两人剑拔弩张的情形。

为此,范仲淹被贬为陈州通判,做了几年地方小吏,当然这是后话了。

眼下益寿宫只有赵恒父子二人。赵恒抱起自己的皇太子说:"祯儿,你刚刚在屋外都听到了吧?"

"父皇,祯儿都听到了。"

赵恒问:"那你觉得他是好人还是坏人?"

"这,这……"小赵祯支吾半天,"祯儿觉得范仲淹是好人,但祯儿又说不上来他为什么好。"

"那你觉得父皇做得对不对?他可能永远也不能做官了。"

"那父皇觉得自己做得对不对呢?"

赵恒大笑:"祯儿竟考起父皇来了!"见父皇高兴,小赵祯也摸摸父皇的胡须,心里喜滋滋的。

可片刻之间,他的父皇又严肃起来:"祯儿,你要知道,将来整个天下都是你的。在朝廷里,大臣不分好人与坏人,只分能用的与

引 子

不能用的人。记住了吗?"

"祯儿记住了!但是祯儿还想问,那母后到底是能用的人还是不能用的人,是好人还是坏人?"

赵恒一时语塞,他警觉地看向屋外。

此时,赵恒父子的对话,被屋外的刘皇后听去,可是最后祯儿问是好人还是坏人之语,她听不真切。

答案只有父子两人知道。

立春未到,延福宫外的金草鱼、海棠、水仙、君子兰都没有开花,一株株梅花也只开了一星半点,没有生气。刘皇后拿簪子想扣一朵梅花,不料花瓣掉落几许。

刘皇后此时的心绪就像那落花一样,赵恒已经病危,太子赵祯年幼,那些辅政大臣们势必要夺回原本属于她的权力。多年的相处,刘皇后觉得当今圣上虽然给她无限的权力,但同时也给了她无限的压力。她可以批复奏折,但最后还是要给他过目。她可以私自造宫殿,可以罢免官员,但是那些宫殿的支出、官员的进退总被他轻而易举地搪塞过去。说到底,皇帝还是不信任她。

朝堂的气氛早已变得和以前不一样。即使刘皇后坐得住,她的亲信们却蠢蠢欲动,其中嫡系入内副都知周怀政已率亲信五百余人,埋伏在延福宫外随时待命,用周怀政的话说,怕圣上遗诏对皇后不利。

这时,太监曹公公赶来说:"皇后娘娘,圣上召见。怕,怕是……"曹公公头上冒汗,说着说着他竟呜咽起来。

第五卷 三川喋血

刘皇后攥紧手里的玉佩,"恰巧"遇到远处巡逻的周怀政。

周怀政不顾曹公公在旁,叩头请安说:"臣随时听候皇后娘娘调遣。"

这一停留,急坏了一旁的曹公公。曹公公忙说:"周大人有什么事都等以后再说吧。"

封禅归来后,赵恒的身体就一天比一天差。他没有躺在龙榻上,而是极力撑起身子,像是一条松软修长干瘪的蚯蚓。刘皇后见状想扶他回床上,但是他摇手,要坐到象征自己权力的龙椅上。刘皇后只好搀扶他上去。

"朕卧病这几日,朝堂政务如何?大臣们都听任于皇后吗?"赵恒说这话时,没有表情,他的目光甚至有些犀利。

刘皇后如实回答,应该说许多奏折也都处理得较为谨慎,大致还算得体。赵恒听了微微颔首。

"还有一事,臣妾听候圣上发落。"

刘皇后将周怀政企图带兵谋反之事全盘告诉赵恒,道:"都是本宫管教不力,请圣上责罚!"

赵恒没有发怒,或许是连发怒的力气都没有。过了很久,他拿起案几上的笔墨,写了圣旨,让曹公公传达给禁军缉拿周怀政,但他又强调此事不能过于声张。

他似乎早有准备,并未对周怀政的谋反感到意外,"皇后,朕时日无多。你我再对饮一杯吗?"赵恒主动斟上酒。

从进门到现在他一直都用"朕",她知道只有朝堂之上他才会

引　子

用"朕"。刘皇后并不触碰酒杯,一向镇定的她此刻有些慌乱,这酒若是毒酒……

刘皇后皱起眉头,一干而尽。酒过肠肚,一股甘甜犹存齿间,这是上等的美酒了吧。

赵恒缓缓闭上了眼睛。

一、乱政当道

1. 红粉劫

天圣八年(1030),暖冬,霜降日艳阳高照。赵祯在文德殿休憩,摸了一把汗,盯着豆大的太阳细瞧,不由双目发黑,站立未稳。亏得贴身侍卫葛怀敏眼疾手快,勉强撑住他。被扶上金銮宝座的赵祯,对镜看到自己衣冠凌乱,两鬓因燥热搓成一条褶皱细线,不像刚满弱冠之年的青年,倒是更似满腹心事的中年人。葛怀敏见状踱步准备请御医,却被他按下,道:"不是大事,无用。"

背部浸湿的太监,端上精致的铁盒,赵祯连声称妙,不等呈上,亲自拿过。葛怀敏以为是上好宝贝,谁料赵祯轻轻撩起盒内红粉,涂抹脸上。葛怀敏不明就里,不知这红粉是为何物。可一旁的小宫女了然于心,这红粉是后宫寻常之物,众多嫔妃所用的红粉便是此了。堂堂大宋皇帝竟用女儿家的东西,甚是新奇。想到这儿,小宫女不禁"扑哧"笑出声,随即捂住口。听到笑声,侍卫葛怀敏剑已出鞘。小宫女深知皇帝威严,自己犯下大罪,怎么能嗤笑皇帝呢?

一、乱政当道

她吓得双腿发软,连忙跪倒在地,泣道:"皇上饶命,皇上饶命!"

顷刻之间,葛怀敏已将弯刀横亘在宫女的脖子上,怒道:"触犯龙颜,应诛三族,凌迟处死。"

赵祯面有难色,目光仍旧停留在大臣的奏章上。汴京黄河与大运河因暖冬而成旱灾,土地一寸寸变为盐碱地,往年这时应当"瑞雪兆丰年",如今拥有百万人口的都城,人人都顶着毒辣火焰,这暖冬该如何度过?其他不说,单是制皮革狐裘的商贩,不免落得倾家荡产、妻离子散的下场。朝廷应当如何处理这意外的自然灾害?赵祯想再减免税收,可减免税收就意味着宫廷开支又要缩减一圈,自己能省就省,但太后那边不好交代,要是怪罪下来,不知又要引起多少动荡。低头见自己的龙袍已有不少补丁,赵祯长叹,治国难,治强国更难!涂过红粉的脸上又渗出细汗。他正准备起身,却发现自己的侍卫已将大刀架在小宫女的脖子上。赵祯大吃一惊,斥责道:"葛怀敏大胆!竟敢在朕面前行凶吗!"葛怀敏听到皇帝的责怪,心中憋屈,也不顾礼节地回应:"这小宫女更大胆,耻笑皇上涂粉,臣正准备拿她正法!"

"朕怎么没听到笑声?"赵祯料想肯定是刚刚思考过甚,不曾发觉任何声音。他走到台前,想拿起宫女手上的红粉,小宫女不知何故,紧紧攥住不放。

赵祯一笑,问:"怎么?还不愿意给朕?"

赵祯这一笑倒是灵丹妙药,刚刚哭哭啼啼的小宫女竟停下哭声,满怀羞涩地望向圣上,破涕为笑。

"大难临头,还笑得出声。"葛怀敏怒气冲冲,又重新把刀架在她的脖子上,小宫女顿时失去血色,半晕半痴,抵住皇帝双足,不断讨饶。

"够了,够了,怀敏,放了她吧。"赵祯被小宫女这一拉,自己也随之踉跄倒地。

看到高高在上的皇帝竟被宫女拉得人仰马翻,葛怀敏丢了刀,上前扶起。

"皇上保重龙体,保重龙体。"

赵祯却像没事一样,拍拍身上尘土,一骨碌站起身,还不忘拉起已不知所措的小宫女。

"退下吧,今日之事到此为止。"赵祯重新回到金銮宝座上。

小宫女一听千恩万谢。

葛怀敏急忙道:"可是……"

"可是什么?"赵祯瞪向葛怀敏,硬生生地把贴身侍卫的话呛了回去。

小宫女刚要谢主隆恩,又被赵祯叫住。

难道皇帝也反悔?小宫女心里一紧,到底是九五之尊,怎么会把她一个奴婢放在眼里呢?看来杀身之祸免不了,不过,能被皇帝一笑,岂不是最幸福的百姓?要知道三宫六院,有多少妃子、娘娘连皇帝的面都没见过。想到这儿,小宫女双眼一闭,听候发落。只听皇帝悠悠一声:"这上好的红粉朕就赏赐你了,今日之事不必耿耿于怀!"

"皇帝不杀我?还要赏我?"小宫女犹如脚下灌铅,呆立不动。

一旁的葛怀敏上前推搡,道:"愣在这里干什么?还不快谢主

一、乱政当道

隆恩!"

望着小宫女离去的背影,赵祯收住笑容,重新拿起汇报旱灾的奏章,寻思如何把节省皇宫内务开支的提议向太后说明。他不是不知道太后的脾性,这些年太后垂帘听政,决断朝中要务,不受三省六部约束。但太后刘氏并不痴心权术,这些年把大宋治理得井井有条,皇城内外百姓富足,边疆则是了无战事,一幅太平盛世景象。连赵祯自己都不由佩服太后的政治手腕。但说到底,自己才是大宋皇帝啊!

寻思之际,葛怀敏手捧一水晶瓷盆,里面是晶莹剔透的去壳荔枝。

"皇上,消消火吧!这天实在燥热。"

"妙极,妙极!"赵祯一口吞下,嘴里仍念念有词,"入口即化,至喉则见凉。你也吃!"

"微臣不敢。"

"你我虽是君臣,但早已有手足之情,有什么敢不敢的?"

见葛怀敏猛地吞下一粒,赵祯道:"没想到霜降日仍有荔枝!"

葛怀敏吃完荔枝后,顿感轻盈,说话也有点飘飘然:"皇上不知,这是洪州府六百里加急送过来的,只此一盆!"

赵祯不语,盯着眼前的鲜嫩荔枝,食之无味,说:"以后不要送了。六百里加急只为这一盆荔枝,不值不值!"

葛怀敏辩解道:"这也是大臣们的好意!"

赵祯神色大变道:"葛怀敏听旨,传我手谕,各路、道、府、州、县,不得额外进贡,违者降职一等!"

"得令!"葛怀敏低头退下。

"慢着,"赵祯补充道,"还是先请示太后吧,把余下的荔枝拿去给太后尝尝。"

2. 宫女血

一股青烟从身穿凤衣皇冠的女人头上渗出。紫檀木的香炉配合这股烟火气,逐渐由内向外飘散,赵祯还未踏进福宁殿门就闻到了这股味道。接过太监的玉扇,方才让味道弥散。

头戴皇冠的女人正是权倾一时的太后刘氏。此刻她正闭眼手执佛珠,坐在蒲团上拜先帝像。身旁的宫女在她耳边私语,她意识到赵祯在殿外等候。太后曾立下规矩,无论是谁,未经允许都不能擅自来到福宁殿。当赵祯还是太子的时候,曾误闯福宁殿,结果被刘太后罚三天不能进食。

太后转过身,眼神直逼到皇帝脸上。赵祯下颚微低,退后向她深深行礼。太后悠然有节奏地转动念珠,一个眼神都没有回应皇帝。

赵祯身上旧汗冷却,新汗冒出。他恭敬地道:"洪州府贡荔枝,朕特呈上来给母后尝尝鲜。"

太后不由冷笑道:"起来吧,难得圣上还记得哀家!"眼角飞扬起一个挑眉,瞪了一眼。

赵祯揉了下腰,身子向后松弛,说:"太后是儿的母后,又是大宋的太后,没有您哪来的朕呀?如今是百年难遇的暖冬,母后尝尝荔枝去去火吧。"

一、乱政当道

赵祯说完,亲手剥了一颗荔枝,双手呈到太后面前。

太后不接,却命人带上那个曾经嗤笑赵祯的小宫女,小宫女的手紧紧抓住裙边一角。

太后余光一瞥,手指停在一颗念珠上,质问道:"抬起头,让哀家看看是什么样的胚子?"

赵祯一惊,小宫女原本粉嫩皎白的脸上,满是血淋淋的痕迹。右眼到嘴角的刀疤,让赵祯看了倒吸一口气。

太后:"来呀,把皇帝刚剥好的荔枝吃了。"

赵祯"扑通"一声下跪道:"母后,不必动怒,切莫伤了肝火。"

"呦,连皇帝剥的荔枝你都不放在眼里?哀家亲自喂你!"太后夺过赵祯手上的荔枝,塞入小宫女的口中。

赵祯低头不语,双手握拳。他意识到什么,很快又松开了。

太后转向赵祯,把他拉起道:"皇帝,这小妖人当众嗤笑天子,你说该怎么办?"

"全凭母后处置。"

太后摇头道:"我要听皇帝的决断!"

赵祯心里一紧:太后无论大小事,什么时候听过自己的决断?

"杖责三十,以儆效尤!"

太后道:"轻了。"

"五十?"

赵祯重新换了一个姿势,双眼紧盯小宫女的脸。

太后双目一闭,听到皇帝说"斩"字时,说:"皇帝,你还不够狠!"

小宫女一听，趴在地上，拼命向太后讨饶。

"来人！将这等妖人拖出去斩了，诛九族！"

太后刚说完，小宫女当场没了气息。众人大惊，许久，齐声道："太后圣断，皇上万岁！"

太后接过递上来的茶，轻啜一口，吩咐身边人："给皇帝也沏一壶吧。"

赵祯仍处在刚才的恐惧中，被太后叫了两次才回过神。

太后道："哀家有一事恳求皇上。"

赵祯不敢怠慢，道："母后请说，朕一定照办。"

太后把刚沏的茶端到皇上面前，面带微笑，仿佛和刚才对小宫女的凶狠样子判若两人，说："皇上，近日我连连梦到先帝，想给他修筑一座金身像，以保我大宋江山。"

赵祯心中犹豫，一座金身像不知又要耗费多少真金白银。

"哀家还想为先帝修建一座后苑，以后终老也有个归宿。"

"母后洪福齐天。"赵祯把茶一饮而尽，说道，"母后，大臣启奏汴京黄河与大运河已成旱灾，恐百姓难以为继。"

太后打断赵祯，说："看吧，先帝显灵，这金身像势必要造，否则便是忤逆天意！"

"母后，朕担心这持续的旱灾……"

"担心什么？有你父皇在天之灵保佑你！"太后站起身，背对赵祯，斥责道，"皇帝长大了？连哀家的话也不听了吗？皇帝不了解大宋子民的生活，小小的旱灾又能如何作祟？"

赵祯见太后发怒，连忙双膝下跪，道："母后言重了，朕只是担

一、乱政当道

忧百姓疾苦。"

"担心百姓疾苦？堂堂大宋皇帝和一个小宫女不清不楚,还用闺房之物,皇帝,哀家看你是中邪了。"太后的双目如鹰隼般直视赵祯。

"母后,这暖冬天,怕他们看出朕的燥热,所以用红粉加以修饰!"

太后敲了几下手杖,说:"宫中自有去凉之道,皇帝,你就不怕文武百官笑话吗？我堂堂大宋难道会让皇帝热得用红粉修饰吗?"

"母后,儿……儿知错了。"赵祯见情况不妙,想先行告退。

"皇帝,有些话哀家不知当讲不当讲?"

"朕谨记母后教诲!"赵祯向太后鞠了一躬。

"盛世并不是靠帝王节俭出来的,你看历朝历代的皇帝谁还穿着打补丁的衣服?"

"可是……"

太后揉了揉太阳穴,闭目道:"把荔枝拿回吧! 在哀家这儿,只是寻常之物。皇帝好自为之。"

半炷香后,太后对空屏障说:"出来吧,都走远了。"

又过了半炷香的时间,屏障后走出一个四十岁左右的男子,他着一身黑衣,头始终低垂。两旁的宫女逐渐退下,他才适时抬头,在太后耳边轻声耳语。

"张生,你认为小皇帝今日的言行如何?"太后问。

那个叫张生的人并不回答太后的话,而是捡起一块石头丢向湖面,湖中的小鱼四处逃散,躲在岩石下休憩。

"张生,哀家问你话呢!"

"波澜不惊。"张生微微作揖,眼神露出一丝狡黠。

太后仍旧坐在石凳上,叹息道:"小皇帝始终是小皇帝,哀家无论给他多少难堪,他始终都不敢放肆!"

张生突然双膝一跪,发出浑厚的低音:"臣以为小皇帝已经长大,方才看到太后斥责,小皇帝露出转瞬的狠劲。"

太后不语。

"张生幸得太后垂青,一直想报知遇之恩,太后可曾想过,一旦皇帝独立亲政,太后的刘氏一族恐难以兴盛。"

太后站起身,杯中茶叶不停旋转着。

见太后没有打断自己,张生继续道:"即使太后不为自己着想,难道也不为大宋百姓考虑吗?太后垂帘听政期间,从先帝到现在,谁人不知是太后让我朝达到盛世,堪比汉武皇帝。"

旋转的茶叶眼看被太后抖动得快溢出来,太后却突然放下茶壶,似笑非笑地说:"把想说的都说完吧!"

张生突然双膝跪地,献出一把匕首,道:"臣恳求太后称帝!"

3. 藏拙记

文德殿,深夜。侍卫葛怀敏正在巡视。他的职责就是一天三岗随时待命,听候皇帝差遣。

今天当葛怀敏例行向皇帝请示时,赵祯却让他坐在一旁。

葛怀敏推辞不下,问:"圣上,是不是怀敏做错什么事了?"

一、乱政当道

此刻的赵祯早已脱下龙袍,疲态尽显,道:"怀敏,朕十三岁继位,如今到了弱冠之年,整整七年过去了,你觉得朕这个皇帝做得如何?"

葛怀敏回应道:"圣上日夜读圣贤书,定是大宋明君!"

"你见过明君连一个小宫女都保护不了的吗?"

赵祯趴在地上,不停捶打自己,满面泪痕地说:"多少无辜杀戮因朕而起,多少祸乱由朕而生,朕是明君吗?"

葛怀敏扶起泪流不止的赵祯,心里也为他感到委屈,只能安慰道:"圣上保重龙体。"

"怀敏,每当我闭目时,脑海里就会浮现那小宫女的身影,她在黑暗处哭泣。朕是个没用的皇帝,是朕害了她,朕才是那个该死的人!"

"圣上已经尽力,不必自责。"

"岂止是小宫女,朝中要朕独立亲政的大臣纷纷直言上书遭贬,那些为朕卖命的将领都卸甲归田,这些都是朕的过错啊!"

突然,赵祯欲拔出葛怀敏身旁的佩剑,被及时制止。

"你就结果了朕吧。这皇帝,朕做得窝囊,处处受到监视,和犯人有什么区别?"

葛怀敏紧紧抓住佩剑劝道:"圣上这样做,臣只有先死来报恩!"他把赵祯扶上软榻,说,"圣上,万千百姓都需要您来统领。"

"他们更需要太后!"

葛怀敏抬头望向窗外,道:"圣上您累了,歇息吧。"

在葛怀敏心目中,赵祯是睿智的皇帝,他懂得避其锋芒,与太后斗智斗勇,说话分寸得体,可谓滴水不漏,从未像今夜这般感性。平时即使再疲惫,赵祯都不忘批阅奏章、夜读治国方略,难道皇帝已被太后管制得失去心智了吗?

见皇帝已然睡去,葛怀敏悄然退下。他走到远处荷叶池边,宫门外相国寺夜市的喧闹声时隐时现,宫门之外的百姓又如何知晓他们的皇帝此刻的痛苦呢?

突然,从福熙宫内闪出一条黑影,葛怀敏大惊,只能靠轻功尾随这条黑影。葛怀敏余光一瞥,殿内软榻上竟空无一人。

"不好,有刺客!"葛怀敏大叫一声,横亘在黑衣人面前。黑衣人并不纠缠,绕柱,左闪右避。葛怀敏用手托住刀背,佯攻黑衣人面部,实则从下三路出刀。黑衣人猝不及防,向后踉跄几步。葛怀敏顺势露出刀口,直接刺向其左路。

十几招过后,黑衣人逐渐失去主动,连吃三拳。

"说,圣上在哪儿?"葛怀敏揪住黑衣人脊背,下腕使劲,抓住其手臂顺势翻到后侧。

"葛怀敏,大胆!"

葛怀敏一听是皇上的声音,向四周循声,道:"圣上,臣救驾来迟。刺客已抓住。圣上在哪儿?"

被俘获的黑衣人扭头道:"朕在你手上!"

"圣上!您怎么……"葛怀敏丢下了刀。

闻声而来的禁卫军在殿外询问,赵祯却十分淡然地回应:"葛

一、乱政当道

侍卫误以为有刺客,朕无事!"

赵祯并没有脱下黑衣行头,而是将龙袍丢给葛怀敏。

"穿上!朕要出宫!"

"圣上,臣不敢!"葛怀敏吓得不轻。

赵祯不紧不慢地说:"之前做了那么多的幌子,还是没有逃得过你这贴身侍卫的眼睛。朕要出宫探访旱灾实情,不少奏章提及京城灾情严重,朕需要实地考察。"

"臣为圣上安危考虑,请皇上三思!"

"朕的武功不足以保护自己吗?"赵祯扶起自己的侍卫。

"太后要为先帝祭祀,三日不早朝,大好机会不可错过,朕还须拜访一些名士。"

葛怀敏疑惑道:"三省六部难道没有圣上信赖的臣子吗?"

赵祯神色严峻,拂袖道:"连朕擦粉的事太后都一清二楚,朝中会有可信之人吗?"

"启禀圣上,老丞相吕夷简曾数次在太后面前为圣上的帝位据理力争。"

"丞相高明之处在于连你等不相干的人都会为他称赞!"

葛怀敏奉还龙袍,道:"圣上,臣是您的贴身侍卫,圣上去哪儿,我就去哪儿。"

"没出息!"赵祯接过龙袍,"怀敏,朕不光要你忠于朕,更要你忠于这大宋江山。说不定哪天,你就是我大宋的将军!"

"臣不想当将军,臣的职责就是保护圣上。"

赵祯眼见说不通,责备道:"喜欢跟就跟着吧!"

4. 隐居士

一个汉子坐在城墙外的土堆上,双腿盘膝,像是打坐参禅。东京集市的相国寺就在他侧后方,此刻的宁静让他到了悬空的境界。不多久,几个顽皮的稚子纷纷围住他。一个穿开裆裤的小男孩问道:"先生,你这是在作甚?"见他不响,小男孩爬到他的肩膀上,架住他的脖子,这一举动引起周围同伴们的叫好。像是叠罗汉,其余几个孩子纷纷占据了他的头、肩膀以及伸展开的手臂。好家伙,一下子那汉子身上挂了七八个孩子。这下,作料的、制糖的、斗鹌鹑的艺人放下手边的活计,兜兜转转的百姓也寻觅一阵又一阵的叫好声。顷刻,他的周围已经水泄不通。受到鼓舞的孩童们有点怕生,想沿着头、肩、手臂原路下来。谁料,那汉子"咻"地起身,肩上的孩童如腾云驾雾般被抛向空中。众人大惊失色,孩童发出长长的尖音,还未收音,又稳稳地落到肩上。他抖了抖身,双肩松塌,七八个稚子跳蚤般滚落。围观的看客们不断鼓掌叫好。

赵祯夹在人群中说:"此等功夫,非数十年苦练武功难以做到。"

葛怀敏附和道:"这年轻人臂力惊人,乃将帅之才!"

"年轻人?"那汉子闻声,哈哈一笑,"老夫已四十有四,快知天命喽!"

四十有四? 竟能徒手扛起七八个孩子? 众人议论不止。一佝偻的老头来到他身旁,作揖挥袖道:"吾也四十有四。"老头说完,众人哄堂大笑。人群中更有好事者,尖叫道:"吾乃五十有五! 六十

一、乱政当道

三!哼,九九千岁!"

汉子突然神色一变,道:"大胆,竟敢称太后名号,千岁太后、万岁帝王!尔等吃了熊心豹子胆吗?"

"太后岂止千岁,垂帘听政,乃万万岁!"

"国有太后,何愁不安国保民,归我河山!"

"太后千岁万岁千万岁!"

听到这些大逆不道的话,葛怀敏不敢看身旁赵祯的脸色。

一阵奚落后,气氛由严肃变为喧闹。那汉子始终站在中央,径直走到那说太后千万岁的人群中。他怒道:"万岁只有现今的皇帝,太后仍须还政于帝。"

"腐儒。"众人又是一阵嘲笑。

"小皇帝弱冠,尚不能文武,如何还政?"

"放肆!"汉子一手抓住两个闹事的围观者。

"你凭什么抓我,大宋难道没有王法吗?"

"王法?公然蔑视当今圣上,可判忤逆罪。"他松开了闹事者。

闹事者不服,道:"该判何罪,轮不到你多话,自有本地通判明察!太后治理下的大宋蒸蒸日上,何错之有?"

众人连连应声:"宋朝自有谏言之说,吾等素有参政、议政风,何为忤逆?"

"福熙,把这几个公然论政的人拿下。"汉子大手一挥,几个府衙侍卫如同神兵天降由四方出现。

福熙朝疑惑不解的百姓说明:"此乃本地陈州新任通判范仲淹范大人!"

百姓一听范仲淹的名号，纷纷跪下。

连那些犯事的百姓都叩首道："草民不知是范公堤，小的罪该万死！"

"范青天明鉴，这连续旱灾，小的实在无法生存，求青天庇佑！"

……

"原来是他！"赵祯差点想扑上前，去拥抱这位旧臣。赵祯记得天圣元年（1023），寇准被贬，范仲淹在金銮殿当众驳斥太后的懿旨，不惜与群臣论战。那时的赵祯年幼，但仍被这气势所震慑。不仅如此，赵祯也记得天圣六年（1028），范仲淹任应天府书院教习。同年七月，捍海堰历时两年修成，范仲淹立首功，被誉为"范公堤"。只可惜此等文武将才始终得不到重用。

"小心！"范仲淹从人群中一跃到赵祯面前。

葛怀敏连忙上前阻拦，未料范仲淹以更快的速度躲过葛怀敏的剑托，拽住赵祯的右臂往其身后一靠。瞬间，一把原本刺向赵祯的利刃，转而刺入范仲淹的胸口。他不顾伤口，挥拳反击，只听到刺客的肋骨"咯吱"作响。

百姓一片哗然，范仲淹还想追击刺客，向前走了三步，便倒在地上。

一旁的赵祯迅速被侍卫们贴身包围保护，葛怀敏挡在最前面。范仲淹脱下上衣，上身数不清的刀剑伤疤显露出来。只见他右手捂胸，左手一提，利刃被拔出，顿时血流如注。赵祯不顾侍卫阻拦，撕下袍子为他止血。

范仲淹几度昏死又醒来，昏昏沉沉说出一句："谢皇上！"

一、乱政当道

破落的庭院,除了福熙之外,范府再没有其他仆人。范仲淹双眼紧闭,躺在不大的卧榻上。赵祯落座破椅,葛怀敏站立一侧,福熙拿着木盆紧张地向卧榻张望。

"你家大人平时就住这屋吗?"赵祯问。

福熙仍抱着木盆,答道:"是的,圣上,我家大人基本把所有俸禄都拿出来救济百姓了。"

"救济百姓?朕白天看相国寺周边,百姓丝毫未受到旱灾影响。"

"启禀圣上,汴梁城百姓贫富悬殊,有些人富甲天下,有些百姓则穷困潦倒。圣上白天看到的相国寺周边百姓属于前者,而穷苦的百姓早已逃离京城。连大人一天也只能把旱粥分成三份。"福熙边说,木盆的水因其抖动的身子不断溢出。

赵祯一听,连连点头说:"朝廷官员不管吗?"

"福熙……"范仲淹吃力地呼唤,"福熙扶我起来。"

范仲淹不顾赵祯阻拦,扎扎实实地叩了响头。

"爱卿,不必多礼。"赵祯把范仲淹重新扶到卧榻。

赵祯继续问道:"爱卿是如何认出朕的?"

范仲淹脸微红,道:"因为说到太后万岁,只有圣上神情严肃。臣见葛侍卫随身佩剑乃皇宫之物,又见刺客的夺命刀,便猜出了大概!"

"到底是谁要刺杀朕?"赵祯狠命跺脚,"就不怕砍头吗?"

福宁殿响起阵阵瓷器碎地声,太后来回在殿前走动。张生跪着,低头不语。太后踱步的声音越来越响,不断摇头,想到气愤之处又把那上好的汝窑青瓷砸成碎片。这汝窑青瓷价值连城,色泽如天空,釉含玛瑙,似玉非玉。

"太后息怒,这上好的青瓷,可价值连城,多少富贾求之不得!"张生慌了神,爬到太后脚踝。

"好啊,张生!看来你不仅要定帝位,连皇家的东西你都要管!"

张生心里一抖,说:"臣对太后的忠心日月可鉴!张生做的一切都是为太后考虑!"

"为哀家考虑?你要是为哀家考虑,就不会那么愚蠢地去刺杀皇帝!万一被人发现,你让哀家如何处理?"

"臣情急之下,一时走了险招。"

张生涨红了脸。太后不由得想到很多年前,在未进宫的时候,也就是这张脸在清晨薄暮时带来爽朗的笑声,雾中的少年吹箫为心爱的姑娘演奏古风;傍晚时分,少年箫声依旧,姑娘骑在马背上,时不时用余光瞥向吹箫的他,少年的脸涨红了,就如此刻这般。

"太后!"张生轻轻叫了一声。

太后下意识整理衣冠,仔细望向曾经的吹箫少年。

张生不敢与太后对视,道:"太后放心,刺客已……"张生做了一个杀头的手势。

"可惜小皇帝的命被范仲淹救下了,棋差一着!"

只听"砰"的一声,太后又打碎了哥瓷。

一、乱政当道

她指着张生,骂道:"混账,你给我记住,这大宋江山,他姓赵,不姓刘,也不姓张!"

"他姓什么我不管,可是我不允许任何人伤害太后!"

"没有人能伤害哀家。"太后顿了顿,"你也不例外!"

当年张生执意功名,刘氏则被迫参与皇帝选妃。要是当初没有变故,或许箫声可以听一辈子吧。

张生仍然在分析当下时局,疲惫的太后思绪早已飘零在外。

"太后,小皇帝不得不防!"张生语气强硬。

太后走到张生身边,看着眼前这个双鬓已微微泛白的男人,说:"不论最后结果怎样,哀家都保你无事。"

太后从怀里掏出随身令牌,交予张生。

"臣早已将生死置之度外,可是……"

"你的命不值钱,那你的夫人、稚子呢?不必多言,下去吧。"

张生缓缓退下,走到宫门外又停住了。

"张生。"

"嗯?"

"哀家还好看吗?"

"婵儿好看!"

"叫太后!"

"太后洪福齐天,永享年华。"

5. 伪装者

范府深夜仍亮着灯。

第五卷 三川喋血

范仲淹手握毛笔,行书苍劲有力,似有魏晋风骨,但勾连之处自有横扫千军之势。一旁侍砚的福熙赞叹:"大人好字,不减当年风采!"

"当年风采?你的意思是说我老了?"范仲淹道。

"不老,不老,今天大人体察民情,不是还有百姓夸大人年轻吗?"

"他们那是夸吗?"范仲淹搁笔,说道,"如今大宋民风已不如太祖时豪气,都城上下皆奢靡之风,公然论政不以为戒,皇帝威严何在,竟让一个女流……"

"大人!"福熙打断范仲淹,突然跪下,道,"大人,福熙十五岁进范府,大人视我为弟,有些话不知当讲不当讲?"

见范仲淹不语,福熙继续道:"以大人才智武功,应当是将相之才,然大人近些年连连上书要求太后归政于皇上,以至如今只能是六品通判。福熙觉得可惜,替大人不值。就拿早上这事,万一被小人利用,必定又参一本!"

范仲淹扶起福熙,说:"你还记得我十六岁时的狂言吗?"

"自然记得,大人说,要做就做良医名相。"

"是的,如今我仍不忘此狂言。良医为何?名相为何?为这江山社稷,为这世道人心。如今这汴梁城乌烟瘴气,歌舞升平,老百姓甚至不知大难临头。"

"大难临头?"福熙不禁一哆嗦,"大人何出此言?自订澶渊之盟,我朝已无任何战事,现在正是国泰民安。"

"国泰民安?京城旱灾,百姓不以为忧,难道你就没听到集市

一、乱政当道

上的百姓是怎么说的？赵家王朝还姓赵吗？"范仲淹从椅子上一下站起来，"大宋远没有繁荣，还缺少一个真正的盛世！四代中兴，五代繁荣，现在是时候要起兴了！"

福熙小心问道："现在难道不兴吗？天下无战！"

范仲淹坐回太师椅，道："和是为了战，战是为了和！自古有永久太平盛世之说吗？吾观天象，三星回旋无极，岁及荧惑，太白辰镇，行常为戒，示祸。"

福熙大惊："小人不懂大人的天象说，可老百姓说太后要夺帝位是真的吗？"

范仲淹神色缓和下来，便哈哈一笑道："福熙啊福熙，你为何也开始学青年论政？当心本官收押你！"福熙不再多言其他，只是汇报日常事务，末了，拿出一封火漆信，说："这个送信人倒也奇怪，不表明身份，说大人见信便知晓。"

接过信，范仲淹迅速过目，之后将其用油灯燃尽，他不时望向那燃起的黑烟。月渐渐挂上梢头，不知过了多久，范仲淹大吼："福熙，笔墨伺候。"

已睡眼蒙眬的福熙被惊醒，迅速端上纸笔。

"用小楷笔。"范仲淹提示道。

福熙出了一身冷汗，往往大人用小楷写文必定是呈朝廷，而呈送公文必定又是直言不讳的谏言，难道这次又是……从二品大员到六品小吏的曲折过程，福熙深知这小楷的重要性。不同以往的是，这次自家大人写得很慢，并不像以往挥毫而就，写时范仲淹不断擦拭额头汗渍。

直到翌日天刚微亮,范仲淹叫醒在一旁熟睡的福熙:"快,备轿!"

福熙起身问:"大人,前往何处?"

范仲淹推开一旁手忙脚乱的侍女,自个儿穿戴好官服,说是去皇宫。福熙明白六品通判是无法直接面见皇上的,除非得到皇帝亲许。果然,范仲淹说是皇帝召见。

事不宜迟,福熙立刻安排下人准备。

范仲淹却拉住福熙,叮嘱道:"我去宫中一事,切莫透露给任何人。此外,把昨天非议朝政的百姓全部释放!"

日过中午,垂拱殿还是一片沉寂。赵祯坐在中央,太后戴凤冠居右侧,殿下是百官的叩首。范仲淹在朝臣中间,上前一步递上昨夜写就的奏章。赵祯不敢怠慢,转递于太后。出乎意料的是,太后像是事先知道什么,令太监诵读奏章的内容。

奏章中细数了太后专政这些年的弊端。不仅如此,范仲淹指名道姓,直言太后是大宋的敌人和罪魁祸首,太监一时语塞。

"读下去。"太后面无表情。

太监的额头不时冒汗,文刚过半,后背已浸湿一片。

"刘氏,出身低贱,行为古怪,不配做大宋太后……"

朝堂之上,众人都将目光投向范仲淹。范仲淹直视太后,像是在暗示什么。张生从百官中上前一步道:"启禀皇上,范仲淹大胆,出言不逊,公然藐视太后。"

"罪臣张生企图谋反,妖言惑众……"太监不紧不慢地读着。

一、乱政当道

张生愤然道:"你不要再读了。"

朝堂下的百官已有不少窃窃私语,只有丞相吕夷简双目紧闭,一副超然物外的神情。

旁边的一名官员悄声问:"吕丞相如何看?"见吕夷简依旧双目紧闭,便自讨没趣地不响了。

但窃窃私语中依然可以听到这样的惊讶声。

"范仲淹不要命了?"

"太后要逼宫?"

赵祯手持奏章站起身,所有的喧闹声终于停止。太后紧紧盯着赵祯的背影,生怕错过什么。

坐了许久的太后终于发话:"圣上决定之前,哀家想听听各位大臣是如何看待这件事情的。"

百官不敢言语,吕夷简手持拐杖,向太后和皇帝鞠了一躬。

"吕丞相是先帝的重臣,又是顾命大臣,不必多礼。"赵祯说。

"启禀太后、圣上,臣连日风寒,恳请太后、圣上允许老朽提前告退。"说完,吕夷简竟倒地不断咳嗽,像是癫痫发作。

"丞相先行退下吧!"赵祯举起右手,道:"来人!"葛怀敏领十余人包围朝堂,众人心中一紧。

"把范仲淹给朕绑起来!"赵祯不等众人回应,斥道,"你说太后要夺朕的皇位?朕的皇位正是先帝和太后钦定的。你说太后要谋反,大宋中兴,太后功不可没。"

赵祯将奏章扔向范仲淹:"葛怀敏,还愣着干什么?绑上,逐出朝堂,即刻发配边疆。要不是念太祖不杀文人遗训,朕都想……"

"善哉,善哉!"太后起身,携亲信快步走出朝堂。

百官再叩首:"圣上英明。"

6. 箭在弦上

除去赵祯休憩,葛怀敏几乎与其形影不离。禁卫军因为连夜不休,早已疲惫不堪。最要命的是为了尽快完成先帝的金身像,画师、土工、木工同样连夜加工。皇子、王爷、嫔妃们因为施工声常常半夜惊醒,怨声载道。赵祯却并不受影响,依旧翻阅古书。身前站立的葛怀敏受不了刺耳噪声,在赵祯面前徘徊不止。

赵祯放下手边书道:"葛怀敏,不要在朕面前魂不守舍。"

葛怀敏终于停下脚步,答道:"圣上,这声音真是太闹心了。"

赵祯并不抬头,随口说:"心静。你要不愿意和朕待着,朕准你休息!"

"臣愿意。"

"是不愿还是不敢?"赵祯放下书,向噪声源头张望,"你去和他们说说吧,自从夜间做工已发生多起明火,太后会通情的。"

葛怀敏低头不语。

"怎么,还不放心朕? 去吧,朕等你。"赵祯重新拿起书,嘴里念念有词。

葛怀敏沿文德宫向紫宸殿走去,途中看到十余名似木工模样的人在搬运物件。他出神地望向他们。

"你们做这一行多少年了?"葛怀敏问。

几个人听到询问低头不答,只一领头人从不远处跑过来,说他

一、乱政当道

们都是江北人,自己做木工五年,这次很幸运被选为御用木工。

"做五年就能为皇家做事,手艺不错啊?"

话刚说完,一木箱的上檐盖有倾倒之势。怀敏刚想说小心,木工已勾手稳稳接住檐盖。葛怀敏不由赞叹好功夫。

领头木工连忙挥手道:"粗活而已,只怕拙了大人眼睛。"

"是吗?我看你像是练家子!"

领头木工身子微微向前倾:"大人谬赞了。"

葛怀敏突然一掌,木工顺势倒地。

"大人你这是为何?"木工挥一挥衣袖道。

葛怀敏俯身拉住木工道:"刚才得罪了,夜已深,你们尽早休息吧,免得影响宫内休憩。"

"唉,小的也没办法,监工要求尽快完工。"说罢,木工向葛怀敏拜了拜就离开了。

葛怀敏满腹狐疑,正欲走,无意却瞥见地上的粉末,捡起一点,细闻。

远处,一列夜巡队朝葛怀敏走来。

葛怀敏起身问道:"是哪个营的?"

排头的答道:"皇宫之内还有哪个营,禁卫营。"

"怎么从来没见过你们?"葛怀敏走到队伍身前,挨个查看。

"太后为先帝铸像,人头繁杂,所以调我们上来增加禁卫。"

"好好巡视,发现可疑人等立即汇报。"葛怀敏亮出令牌说。

"是,大人。"

赵祯拍打脑袋,葛怀敏侧身跪着。

"圣上,没事吧?要不要宣召太医?"

赵祯揉搓太阳穴:"夜传太医,又有许多人替朕忙活喽。葛怀敏,你刚才所说之事,别人知道吗?"

"启禀圣上,臣发现不对,立马回来禀告。这木工武功高强,禁卫军弟兄不知为何都被换掉。臣还发现,发现……"

赵祯拉住葛怀敏,问:"快说,还发现什么?"

"发现,火漆硫黄粉粒。臣……"

"继续说。"赵祯面无表情,重重地坐在龙椅上。

"太后、张生以先帝为幌子,实则想……圣上,要早作决断。"

赵祯双唇紧闭,透露出坚定的眼神:"看来比朕预料的更快,加急宣召范仲淹,想必他也快到了。"

葛怀敏一脸茫然,问:"范仲淹?他不是被圣上贬到边塞了?"

"不必多问,飞鸽传书!"

深夜,驿站外传来马蹄声,劲风吹灭红灯笼。范仲淹和一位着银白色战袍的将军各自执鞭策马,战马忽如闪电,他们的身后则是骑兵队伍,骑兵之后便是漫长的大队步兵。风呼啸过两人脸庞,身后的副将追到将军身前说步兵连夜前行,不堪重负。

范仲淹回首说:"将军,片刻不能停留,范某接到圣上密旨,太后随时可能谋反。"

将军再加一鞭,道:"老子韩琦什么时候停过?呀呀个呸,当年老子和契丹人打,一对十都没停过。传令下去,骑兵变步兵,步兵

一、乱政当道

变骑兵。"

"可是,将军,战马已累死七匹。"

"七匹算什么?"韩琦往范仲淹的战马上又加了一鞭,"希文,我们快走,活捉那个老女人。驾!"

仪仗队开路,太后缓缓来到张府。管家说张生在湖中凉亭休憩,太后不等管家禀告径直到凉亭。凉亭四面环湖,水汽一升,自有凉意。紧随其后的管家咳嗽几声,张生适才发现太后正走过来,忙停下和亲信的窃窃私语,欲前来跪拜。

太后道:"免了,张大人在这里寻凉,哀家好生羡慕!病好些了吗?"

"托太后的福,臣好多了。"

"刚才哀家看到张大人和下人谈论事务,你们继续。"

张生接过侍女端上来的茶点,笑道:"寻常琐事,不劳太后费心了。"

太后故意提高语调,道:"哀家要是想听呢?"

"好。"张生向亲信使了个眼色道,"那你就把庭院的草木修葺之事汇报给太后吧。"

"不必了,让他们都下去吧。"

屏退左右,张生坐在太后左侧,道:"太后,这贡品是契丹的米糕,入口极为香甜。"

"不要糊弄哀家。"太后如小女人一般撒娇,并没接过米糕。

"糊弄什么?"

"看着我。"

"臣不敢。"

"哀家让你看,你就得看。告诉哀家,你这些天又在动什么脑筋?"

张生抿了一下嘴。

"你有事瞒着哀家?"太后不依不饶道。

"范仲淹、韩琦率兵正赶往京城。"

太后张大嘴巴问:"你说什么?"

"范仲淹被贬到边疆,实则是皇帝派他去找救兵。"

"小皇帝为什么要去找救兵,韩琦为什么肯来?"太后猛地站起身道,"你又做了些什么?"

太后上前直接拽住张生的衣襟,眼神犀利地逼问着。张生的衣服都要被撕扯裂开了。

"太后自重。"

"说,你做了些什么?"太后抑扬顿挫的话语里带着哭腔,"你倒是说啊!"

"我已经包围皇宫,今夜杀掉小皇帝。"

太后缓缓松开张生,身子慢慢向后靠,唇齿颤抖。

"你快下令取消计划,小皇帝并没有害我们。"

张生用力甩开太后,道:"妇人之仁,箭在弦上不得不发!"

"你这样会毁掉自己的。"太后双腿发软,"扑通"一声倒在地上,"不行,哀家要告诉皇上,哀家现在就要告诉皇上。"

张生蹲下拍了拍太后颤抖的肩膀,环住后腰轻轻地搀扶起太

一、乱政当道

后,道:"婵儿,你想想,今晚一过,大宋江山就是我们的了。"

太后奋力挣脱张生,脑海里天旋地转,不停地喊着:"哀家要告诉皇上,哀家要告诉皇上。"

张生语气深沉有力:"婵儿,这些年你主政,我辅政,小皇帝做过些什么?"

太后再一次被张生牢牢按下。张生道:"来人,太后病了,扶去厢房休息。"

7."假皇帝"

汴京城下,守城大将吕赞站在城楼上,俯视气势如虹的韩琦大军。

"清君侧,张生亡。大宋朝,除障壁!"城楼下四方呐喊声配合鼓声,经久不息,响彻云天,步兵甚至已架起攻城工具。

"吕赞,你老子吕夷简都让我三分,你快给老子开门!"说时迟那时快,韩琦风驰电掣般单骑飞奔来到城门前,举起手中的剑甩了出去,干脆利落地扎在了地上。

吕赞一看这架势,扬起战衣衣角甩到身后,两步上前,放声呵斥:"没得到太后懿旨,任何人都不得入城!"

"老子有皇帝手谕,你算什么东西!快给老子开门,再不开老子要攻城了!"

"大逆不道!乱臣贼子!胆敢放肆!"吕赞示意放箭。

"你说我叛乱,我看是你叛乱才对。张生这个反贼!"韩琦骂声如雷。话音未落,吕赞一声令下。

顿时百千利箭如细雨，密密麻麻遮天蔽日飞落城下。韩琦高接低挡也抵不住，策马向后退去。

"我准备攻城！希文，你怕了？"

"是怕留下话柄，反倒陷圣上于不利。到时张生这等小人再倒打一耙，那……"

韩琦不屑道："圣上要是出意外，什么都不用想了，呀呀个呸！"

"将军，这些士兵都是精壮之师，边塞更需要他们镇守。仲淹有一计，不费一兵一卒。"

韩琦放下随时准备发号施令的右手："你快说！"

范仲淹在韩琦旁低声耳语。

"希文，你这样做可是……"

范仲淹哈哈大笑，道："你什么时候那么扭捏！"

"要不然我去？"

"你去无用，只能我去！"

"够痛快！"韩琦清了清嗓，"来人，把范仲淹给我绑了！"

韩琦骑马驮着被缚的范仲淹再次来到城门前。

"吕赞小儿，罪臣范仲淹我给你送过来了，方才老子差点受到他蛊惑。"

吕赞心有疑惑，副将问是否开城门，砍下范仲淹的首级去邀功。

"不，别开城门。你去和韩琦说，把范仲淹吊上来。"

"有劳将军了。"范仲淹言毕被绑上长绳，都城高三十余丈，城

一、乱政当道

墙是灰色古砖砌成,范仲淹一身白色布衣特别显眼。

范仲淹被吊到城墙三分之二处,吕赞的副将向守卫使了个脸色,守卫心领神会砍断长绳。韩琦大惊,副将连声说:"范仲淹已死!"

怎料悬挂在半空中的范仲淹突然挣开绳索,从身后掏出钩锁,向城门石柱一挑。

副将想阻拦,范仲淹双腿一蹬,已跃上城楼。

城下的韩琦大叫:"好身手!"

范仲淹并不惊慌,掸了下双肩灰尘,抬头看到四面八方无数的长矛对准他。

顿时,百十根长矛刺向他。范仲淹顺势横卧,待长矛揭开之时,已不见其踪影。

"吕赞这个小狐狸!"韩琦按捺不住心情,又瞧见范仲淹左闪右避,围攻之势瞬间化解。

一滴豆大的汗珠落在韩琦眉骨之上,他下意识地揉了一下双眼,便看到范仲淹背对城门,左手臂膀擒住吕赞,右手提短刀顶向其腰腹。

"都卫军各将士听令,我范仲淹不想谋反,但大宋江山也容不得逆贼谋反。现在圣上有难,奸臣当道,请各位将士打开城门,让韩将军进城。"范仲淹怒目圆睁。

吕赞身体尽量前倾,像是被钩子拖住下巴,气喘着说道:"范仲淹造反,你们谁开城门,谁就是大宋的罪人。"

第五卷 三川喋血

守卫的士兵们互相张望,不知如何应对。

韩琦见吕赞被擒,大喊:"范老弟,老子来帮你一把!"说完,一箭向吕赞射来。

范仲淹正对守卫,未曾料到韩琦的惊人之举,待发现时只出于本能下意识闪避,对峙二人虽躲过冷箭,但吕赞因为惊慌,脖子向右侧躲闪,竟顶到范仲淹手握的短刀。血渐次渗进城墙古砖,吕赞回过身慢慢倒下,手指向范仲淹,便不再动弹。

守军见主帅惨死,直接打开城门,向韩琦发动进攻。范仲淹合上吕赞睁开的双目,自言道:"吕兄,我本意不想杀你!"

范仲淹长叹一口气,夺过刺向他的长剑,用刀背弹开正骑马的副将。回首看到韩琦正和守军打得难解难分,他想上前支援,不料陷入守军十余人包围圈,刀剑从上中下三路砍来,战马受到惊吓向前方狂奔。只听到一阵马蹄声,范仲淹独自向皇宫驰去。

皇帝寝宫之外已是火光高照,张生与葛怀敏持剑对视。

在寝宫之内,赵祯穿戴整齐。赵祯握住爱妃张氏的手道:"你害怕吗?"

张氏目光坚定地回答道:"臣妾不怕。"

"走吧,和朕一起面对这帮贼子。"

宫门缓缓打开,张生和禁军侍卫并不下跪。

"皇上,臣等您很久了。"

葛怀敏持剑指向张生,说:"既然知道是皇上,为何不下跪?"

赵祯并未看向张生,而是巡视包围宫殿的禁军侍卫,随即目光

一、乱政当道

落到张生身上。

"朕要见太后。"

张生"哼"了一声,道:"你有什么资格去见太后?"

"朕是大宋皇帝,太后是朕的母后。"

张生将剑指向天穹,喉结不停伸缩,像是要把想说的话一股脑从嗓子里蹦出。他手持一份诏书,振振有词道:"这是太后手谕,赵祯并不是生母李妃所生,先帝众多皇子不幸夭折,而宠妃李妃却生下似猫似人的怪物。李妃怕先帝怪罪,只能从临盆小宫女处换子。"

赵祯向后踉跄,被爱妃张氏轻轻托住。

"一派胡言。"赵祯道,"斯人已逝,一切并无对证。"

张生突然拔剑对准赵祯道:"众将士听令,把这个假皇帝拿下。"说完,只听得几十把剑同时出鞘声。

"既然是太后手谕,怎么不见太后?"袍子上沾满血迹的范仲淹如风一般,抵住张生指向赵祯的剑。

"范仲淹是假皇帝的同谋,给我拿下。"

禁卫军向范仲淹、赵祯等人逼来。

"我范仲淹从不杀自己人,看来要破戒了。"范仲淹甩开剑托道。

禁卫军被范仲淹的气场所迫,不敢上前。

"破戒的又何止是老弟你!"只见禁卫军的后侧,三五士兵竟被腾空甩出三丈高,"谁敢动皇帝,先从我韩琦身上踏过去。"此时,在殿外屋檐上,韩琦的手下正蓄势待发。

赵祯也拔出剑,挡在爱妃张氏面前,挥剑道:"朕是先帝选中的皇帝,也是大宋选中的皇帝,你们要夺朕的帝位,如果为了大宋子民,朕退位,贤者居之;如果是为了私欲,朕血战到底!"

张生并未就此退缩,相反一步步紧逼赵祯等人,形成一个小包围圈,而韩琦手下的士卒又将张生和禁卫军团团围住。双方都不敢轻易出手,时间犹如静止,皇宫外传来相国寺街边小贩的叫卖声。

"都住手吧!"只听得手杖发出的敲击声,太后刘氏被宫女们勉强扶住。

"儿臣拜见母后。"赵祯率先向太后行礼。

"谁要是敢对圣上无礼,就是对哀家不敬!"

太后扶起赵祯,向一触即发的宫廷政变双方看去。她环顾四周,连敲三下手杖,发出低沉的声音:"明天是先帝忌日,你们今天就要在先帝面前决战吗?"

"太后千岁!"范仲淹扔下佩剑,已染红的袖口不断滴出鲜血。

太后转身面向张生,忽然吐出一口紫血,顺着手杖滑向地面,阻止张生上前搀扶。

"放下兵器!"太后捂住胸口道。

"婵……太后!"

"放下兵器!"

张生跪倒在太后面前。

太后道:"收兵!"

二、乘胜追击

1. 丧葬日

吕府上下一片安静,房间内外都生出白色的小花。在卧室内,吕夫人正因为吕赞的死而心力交瘁病倒了。她双唇惨白干裂,正"赞儿,赞儿"的叫唤着,声音时断时续,时高时低。低的时候,陪伴左右的吕夷简都听不清;高的时候,府上的下人片刻不能安息。

"夫人,赞儿已经去了。"吕夷简握紧夫人发烫的手。

吕夫人头发凌乱,她忽地坐起身来,盯着吕夷简,嚷道:"堂堂当朝宰相,连自己的儿子都保护不好,你还配做宰相吗?"

"夫人!"

"那是你吕家唯一的孩子啊!"吕夷简的手臂被夫人抓破,露出几道血痕。

"那是你唯一的孩子啊!吕家要断后了!断后了!"

吕夫人松开手,向床的内侧靠去,不断重复着:"吕家要断后了!"

"照顾好夫人。"吕夷简向身边侍女吩咐道,想起身却发现脚如灌铅。

"你真心狠,赞儿死了,你不难过吗?"此刻吕夫人情绪渐缓,但依旧神伤。

自从吕赞死后,吕夫人便神志不清,每天都会重复上述的对话。大夫说是伤心过度导致的。吕夷简知道自己常年公务繁忙,是夫人一手带大吕赞的,每每他忙完政务回府,就看到夫人督促吕赞的学业或者是陪其休憩玩耍。哪怕天气稍寒,夫人也不顾自身,接过下人递来的棉毯来到吕赞的房间,见儿子无恙便心满意足。

吕夷简曾嗔怪夫人过于溺爱吕赞,夫人总说赞儿是两人的血脉,他要是横生意外,那后悔也来不及了。

褶皱的床上几颗泪珠荡开,很快汇成一片。吕夷简将脸靠上去,嗫嚅道:"赞儿,赞儿,爹知道你是孝顺的孩子,你不会离开爹娘的。爹一定能照顾好你,爹还指望你给吕家续香火呢。赞儿,赞儿,你快回来吧!"

夫人摸着吕夷简泛着泪光的双眼,身子伛着,瑟瑟颤抖道:"赞儿五岁那年,误食毒物,夫君你不顾风雨当夜把他送往张太医府上救治;九岁那年,赞儿因背不出《论语》遭到夫君杖责,但打之前,夫君你都用相同的力鞭打自己;赞儿弱冠之年,夫君你高兴极了,把五十年的佳酿拿出来爷俩分享,要知道这坛酒可是先帝恩赐的,多少名臣良将拜访你都不曾拿出。夫君,你是疼赞儿的,你可要为赞儿报仇啊!是范仲淹害死赞儿的!"

吕夷简捂住胸口,夫人靠在他肩上,衣袖因抓痕而破损了。他

二、乘胜追击

抬起头,屋檐上像盘旋着吕赞的亡灵,脑海里不断冒出冷酷的字眼:"吕家要断后了,吕家要断后了!"

"夫人!"吕夷简哀号着。两人紧紧相拥,哀号哭泣。

其实吕夷简不是没有体验过丧亲和葬礼的悲痛。吕夷简童年时祖父吕龟祥任寿州知州,虽说是地方小官,但祖父为官清廉,政绩突出,去世时乡人叠万民伞以示敬重,当地乡绅更是赠予难以计数的丧葬品。那时吕夷简对生死虽无概念,但受父辈指引,他抬起头,稚声稚气地对乡绅们说祖父去世前吩咐家人不能收受礼物,身后更应秉承遗训。乡绅们惊讶五岁的吕夷简竟有如此见识和勇气,不禁抚摸他的头,连说吕大人有幸,生了好儿孙。年幼的吕夷简自然欢喜地接过这些赞美,而真正让他意识到悲痛是伯父吕蒙正的葬礼。吕蒙正是先帝真宗时的宰相,三登相位,被先帝追谥为"文穆"。吕夷简还清晰地记得,伯父葬礼上,真宗着素衣,犹如石雕僵立在伯父的墓前,不多久泪湿衣袖,悲泣大宋失去一位重臣。之后,真宗斋戒三日悼念吕蒙正的亡故。这一举动,使大宋无人不知有个受皇帝敬仰的吕家。不仅如此,在吕蒙正逐渐走向衰老时,真宗曾数次驾临吕府,问谁能委以重任。吕蒙正有八个儿子,但他答道:"诸子皆不足用,有侄夷简,任颍州推官,宰相才也。"就凭伯父这句话,吕夷简日后得到重任。可以说这两次丧葬,都带给吕夷简极大的荣光。

而现在,吕夷简正面临人生第三场重大葬礼。皇帝、太后都来了,而逝者是他的儿子吕赞。在数万士兵面前,吕赞被范仲淹劫持遭到误伤。这一事实充满荒诞,堂堂吕府几代人的葬礼无不天地动容,为世人敬仰。即使吕家人不能浴血沙场,也定是响当当的文臣,走得极为体面,逝者给予生者无限的恩泽。就像伯父吕蒙正走之前,为吕家延续了既有的光明,照亮了吕夷简的仕途。那么现在吕夷简唯一的儿子吕赞先他而去,又照亮了吕家什么呢?英雄?名将?良臣?也许守城的将士会轻声讨论,吕赞的死是多么得不合常理啊,范仲淹只是把短刀抵在他的脖子上,吕赞就这样轻易地死了。不显贵的生,不庄严的死,这是吕家上下都无法容忍的。吕夷简已接连上书给皇上要求严惩罪魁祸首。明眼人都看得出这是要一命抵一命,置范仲淹于死地。可如果判范仲淹死,无疑将牵连到整个逼宫过程中韩琦、张生等各派,甚至是皇帝与太后之间的平衡关系,就这一点上,吕赞的死便不能按事实公开,必须是染病而终,必须死得低调,死得稳妥。

吕夷简想不通,三代为臣的吕家竟然会遭到如此变故。他恨恨地将目光向看望自己的皇帝赵祯瞥去。

赵祯身旁的太后则面无血色,望向别处。

"丞相,怎不见尊夫人?"

"大人,圣上正和您说话呢。"下人提醒道。

吕夷简微微颔首,道:"圣上,老臣丧子之痛尚未恢复,恕臣不敬之罪。夫人痛失爱子,卧病数日。"

"丞相,不必多礼。天有不测风云,吕赞意外之死,朕仿佛失去了左膀右臂,日夜难眠。"说着,赵祯竟也留下两行清泪,"是朕的不

二、乘胜追击

是,若是……"

"启禀圣上,臣始终觉得赞儿的死应有合理解释,昭告天下。"吕夷简并不看向赵祯,而是将目光对准在旁边一言不发的太后。

如果吕赞死在几年前,太后一定会借此将自己的反对者范仲淹处死。吕夷简这样想到,可是经此前宫廷变故,太后老了,鬓角泛白,脸上也多了几处褶皱,像又老了几岁。

"丞相,吕赞的死,龙图阁直学士包拯已向朕禀明,范仲淹当日并未有意中伤令公子。"

"那我赞儿不就白死了吗?"吕夷简面色发红,不怒而威,盯着赵祯道。

"吕丞相的意思是,吕赞的命需要我大宋皇室来偿还?"太后终于发声,"难道为大宋死去的将士都要向圣上讨说法吗?"

"启禀太后,我吕家三代忠良,哪怕臣为大宋而死也不算什么,可是赞儿就这样不明不白地死去,老臣愧对吕家的列祖列宗啊!"

太后进一步逼问:"丞相打算如何?"

"严惩范仲淹!"

赵祯道:"丞相,范仲淹已被贬为庶民。况且包龙图判案如神,令公子是遭误杀铁证如山,朕也看过卷宗,有人证……"

"圣上!"太后打断赵祯的进一步解释,"哀家倦了,回宫吧。"

自从逼宫一事后,太后的身子就每况愈下,常常坐立不过一个时辰就倦怠了。不过,吕夷简也知道这是太后有意回避的一种手段。

太后对吕夷简道:"丞相是先帝托孤的顾命大臣,有许多事哀家需要依靠丞相辅佐,这十多年的江山风雨,没有丞相左右逢源,君臣也就无法一心了。"

"太后言重了,臣只是尽臣子之心。"

正当太后宽慰吕夷简时,管家神色慌张地跑过来,太后略有不悦。管家未向太后请安,而是跪于吕夷简的脚后跟,道:"老爷,你快去看看吧。"

吕夷简拂袖斥道:"混账东西,速向太后请安!"

太后并未质问,只是好奇地看向这个心中只有老爷的管家,道:"丞相让管家说吧,瞧这奴才也是不能憋屈的。"

"老爷,夫人……夫人去了。"

吕夷简突然失去重心,挣脱众人的搀扶,倒在地上,只念叨三个字:"范——仲——淹!"

2. 鬼迷心

吕夷简闭上眼睛,坐在太师椅上。短短几日,爱子、夫人接连过世,让这位身经百战的老臣陷入难以言说的悲痛之中。他头上的白发渐渐掉了,身上的衣服糙出了线头,桌上摆满了倾倒的酒瓶。吕夷简握住酒瓶,撑起身,环视冷清的屋子,冬天里他裹紧粗布衣,感到十分寒冷。

管家走进来道:"老爷,张公子拜访。"

管家是聪明的,如今张生也被革了职,整日陪伴太后左右,称其为"大人"或者直呼其名都不妥。

二、乘胜追击

"哪个张公子?"吕夷简似乎没反应过来。

管家轻声回答:"是太后身边的张生!"

"不见。"吕夷简低头自顾自地喝酒,酒见了底。他再拿起旁边的酒瓶,晃了晃,发现都是空的。"管家,再给我拿些酒来。"

片刻,吕夷简接过酒,而另一边持酒的手却并不急于放开。

"放肆!"吕夷简欲夺下酒瓶,抬头发现是张生,便松开手。

"你来干什么,看老夫笑话?"

面对两朝元老吕夷简,张生还是后生。他恭敬地向丞相拜了几拜。

"草民张生,来助大人一臂之力!"

吕夷简斜着眼问:"老朽了,助什么力呢?"

张生坐到一侧,贴着桌子凑近吕夷简。

这一亲近举动,引起吕夷简不适,他朝另一侧让了让。

"老夫为官三十余年,深知没有天知地知你知我知的私话。张生,有话明讲!"

张生并不介意被直呼其名,说:"大人,你难道不想为夫人和公子报仇吗?"

吕夷简拍案而起,道:"送客。"

张生并未理睬管家的阻拦,横亘在吕夷简面前说:"大人在这里喝闷酒,范仲淹却在清乐坊喝花酒。大人,如果不为自己考虑,也要为大宋江山考虑。此等有违德行的乱臣一旦重用,大宋亡矣!小人知道大人看不起张生的沽名钓誉,但张生最多算是鬼迷心窍,可是范仲淹呢?调兵,攻城,逼宫,杀宋将。此等做法,太后、圣上碍于脸面无法决断,难道我们做臣子的也不上心吗?现在亲者痛,仇者快。大人是大宋的平章事,也就是一人之下万人之上的宰相,如果大人不处置范仲淹,张生就当从未来过大人府上,大宋再无良将。"

张生一讲便是半炷香的工夫。吕夷简闭上眼,没有反驳,更像是一个冥想者。张生言毕,起身离开。

"慢着,你说范仲淹去清乐坊这种地方?"吕夷简缓和了口气,"管家,给张先生上茶。"

张生并未饮茶,继续讲道:"大人还记得范仲淹上一次的贬官吗?实则是为了联络韩琦。"这一段历史张生不愿意多谈,否则又将涉及一系列逼宫的事件。他说,"现在,范仲淹被贬为庶民,实则是韬光养晦,以求东山再起。若是大人和我们……"

吕夷简示意张生不要再说下去了。

"张先生要注意言辞,这是太后的意思还是你的意思?张先生适才说范仲淹寻欢作乐,现在又说他谋求东山再起,老朽不知哪句是真,哪句是假?"吕夷简知晓了张生来访的本意。

遭吕夷简这一问,张生有些难以回答,刚才的慷慨之词,瞬间苍白无力。张生只能虚与委蛇道:"大人以为如何呢?太后想听大人的意思。"

"是张先生想听老夫的意思吧?"吕夷简步步紧逼。

张生意识到无论是太后还是吕夷简,这些阴谋家只要进入权术之中,原先的了无生气会立刻变为生机勃勃,比如此刻的吕夷简,目光炯炯有神。

沉默片刻,老辣的吕夷简发话:"张先生的心意老夫领了。老夫和太后共事多年,太后深知老夫的秉性,老夫的个人恩怨势必自己来报。张先生替我问候太后。老夫那日看太后脸色不佳,像是染病。太后是大宋的顶梁柱,张先生关切了!"

3. 残阳血

张生和急匆匆走出福宁殿的太监撞了个满怀,太监手上的金盆掉在地上,发出"哐"的声响,淡红色的液体倾倒出来。张生蹲下身子,看清了,是血。

太监猫着腰,低声说:"太后这些时日天天吐血,又不肯传太医,大人你劝劝吧。"

张生点点头,想向太监再叮嘱些话,太监却被卧榻上的太后叫了进去。

"多嘴的奴才,进来吧。"

"太后,宣太医吧。"张生跪倒在床侧,烛台上蜡烛显着微微弱光。

"把蜡烛拿近点,让哀家好好看看你!"

"来。"太后在张生的帮助下,慢慢坐起身,从衣袖口袋拿出一封草拟的圣旨,"看看这个!"

张生接过一看,身体像是被电了一下,露出尴尬的浅笑。

"小皇帝说要把钮儿立为皇后,钮儿的性子你是知道的,她远没有皇后之德,也不可能有主持后宫之才。"太后每说一个字,都要停顿片刻,听上去有些含混。

"因为钮儿是太后的侄女。"张生把手放到膝盖处，身子微微前倾。

"我听得到！我看着小皇帝长大，他和张妃感情一向甚笃。"太后若有所思，盯着蜡烛渐小的火苗。

"雨中黄叶树，灯下白头人。"太后默念着，叹了一口气道，"你我都知道，小皇帝这样做的目的是想安抚我们。"

张生道："刘氏一族将继续享世间富贵，后代蒙受恩宠。"

"你说得没错。皇帝长大了，知道什么是得，什么是失！"

"小皇帝与张妃，就像我和太后！"

太后抓紧帷幔，欲上前指责张生的无礼，不料吐出一口紫红色鲜血。

"太医，太医，在何处？"张生急忙道。

张生欲起身却被太后拖住，太后道："不要宣太医，哀家的病不能让其他人知道。"太后紧紧抓住张生的手，躺倒在床上说，"哀家执掌政权二十余年，什么人没见过？却始终看不透两个人，一个是小皇帝。他对哀家有时尊敬无比，连日常琐事都要哀家做决定；有时又态度强硬，连宫女之命都看得重如泰山。他像是一支随时会发射的箭。"

太后一下说了太多话，胸口剧烈起伏。

"太后！切莫多言！"张生顺势接过话头，"小皇帝不管权谋还是智力，都是仁爱之君，这次的封后之举真的是良策。"

一说到权术谋略，太后立马两眼放光，恢复了昔日与张生决断政务的神态。

二、乘胜追击

"其一,不用多说,圣上这样做的目的是安抚太后及其家族;其二,一旦发生政变,小皇帝的安危势必要关联到皇后的安危,所有的派系都捆绑在一起,那……"

张生注意到太后的脸色渐渐发黑。

"说下去。"

"其三,这告诉老臣们,他日若独立亲政,皇帝必先会保留他们。但我认为,此等良策,小皇帝绝无思量,必定出自高人之手。"不等太后作出回应,张生继续说,"此人必是范仲淹!我已派密探打听过,范仲淹贬为庶民后,经常出入清乐坊,寻花问柳,恐和小皇帝有秘密联系!"

"清乐坊?哀家知晓范仲淹二十多年,他竟然会去清乐坊,闻所未闻。"

太后并未被张生的话触动,而是裹紧棉被,缓缓道:"我另一个看不透的人就是你。张生,今天你能否告诉哀家,在你心中哀家和江山孰轻孰重?"

张生道:"太后。"

"如果圣上放过我们,你愿意放弃所有的名利和哀家一起归隐山间吗?"太后在"放弃"二字上加了一个重音。

张生反问:"太后,你肯吗?我们都被帝王家包裹着!"

太后摇头道:"哀家有时候在想,要是先你而去,圣上会怎么对付你呢?"

两人都不说话了,太后的心渐渐冷却。

4. 花间酒

清乐坊在相国寺街的东边,不需要用尺丈量,只要用耳听,哪里的琴声最响,哪里的媚声最勾人,便能知道它的具体所在。这日,一个四十开外的壮汉被几个歌妓围绕着。

"呀呀个呸,老子要找范仲淹。"

只见一丰满的女子用身体顶住壮汉的后背,细语道:"客官,找什么淹?我叫小嫣陪陪客官?"

"给老子滚开!范仲淹你老小子在哪儿?你韩琦哥来看你了!"韩琦边骂边寻找范仲淹。

"客官,这里不能进!"

韩琦上了二楼,踹开一扇一扇屋门,不少受了惊吓的文人正狼狈地拿衣寻裤。

"斯文败类。"韩琦继续硬闯着,突然在一扇门前停下脚步,里面响起熟悉的笑声。

"老小子。"韩琦对围上来的歌妓说这便是自己想要找的人。

"你们给俺带点酒上来吧!慢着,再来十斤羊肉!"说完,韩琦往她们手里放了几锭银子。

收到银子的姑娘们,高兴地说:"客官好气魄,别吃肉啊,我身上就有肉啊!"

"你这肉我吃不起!快走吧,惹恼了老子,一个子儿都没有!"

屋里突然响起古韵琴声,韩琦不懂琴艺,只能伸着脖子去窥视里面的情形。

二、乘胜追击

"是韩将军吧？进来吧。"范仲淹问。

"方便吧？"

屋内又是一阵笑声。

"那我就不客气了。"韩琦闭上眼，推门而入。

厢房内范仲淹正仔细聆听一名女子抚琴，那女子左右脸颊各有一道刀疤，脸颊泛起殷红。范仲淹也少了官场的正气，多了点世俗的风月气，酒杯一盏一盏地交错着，酒罐里的琼浆慢慢流淌着。

"你们当老子不存在吗？"

琴声停止，范仲淹示意："小莲，快拜见韩琦韩将军。"

小莲并不俗气，而是细步款款，身材玲珑，要不是脸上有疤，定是美人胚子。

韩琦满脸不悦，道："哎，不必了，风月之地，说什么将军不将军的！"

范仲淹大手一挥，有些醉意，道："韩琦兄，小莲给你倒的是上好的米酒，你别着急喝，先闻闻这味儿，边塞的烈酒是没有那么醇香的。"

"什么香不香的，一般得很！"韩琦一干而净。

歌妓端着羊肉上来，韩琦什么也没说，几乎是夺过羊肉就吃。先是喝一碗酒，再吃肉，后来索性直接把头埋到肉堆里，范仲淹和小莲不禁吞下口水。

再抬头时，韩琦脖子渐红，吃进的羊肉全喷了出来。他不断捶打自己的胸膛，突然哭泣道："我在这里吃肉，可是兄弟们呢？发配的发配，挨饿的挨饿。"

范仲淹示意小莲等人下去,自己坐到韩琦身旁,猛喝一口米酒,酒水从嘴角漏出,顾不得擦拭就被韩琦拽住领口。

"你说,我们是去保护圣上的,为什么最后受到惩罚的是我们?"

范仲淹任凭韩琦拽着摇晃。

"如果没有圣上,我们人人都会被判死罪!"

"圣上让我们救驾,又要罚我们来救驾!你范仲淹单骑护主,可最后被贬为庶民。老子想不明白!小老弟,这到底是为什么?你在这里喝花酒,我心里不好受!"

范仲淹拿起酒壶,站起身,望向窗外。

"小老弟,你还记得当初你骑马找到我军营时说的话吗?"

"文心将胆,先忧后乐!"范仲淹和韩琦一同说出。

其实罢官是有意为之。那日城门对峙,误伤吕赞,范仲淹便知自己得罪守旧派大臣吕夷简。太后与圣上的争斗一触即发,三派互相牵制,尚能制衡,如果接连与两派交恶,必定受制于人。可是现在这些话决不能对韩琦讲,不是信不过,而是不能。范仲淹独自酌了一口酒。

"怎么?喝闷酒?"韩琦自顾自地吃羊肉,也不管什么礼数。

范仲淹道:"看看周围,除了喝闷酒还能干什么?"

"老小子,我们都已过不惑之年。难道大将只能窝在风月之地喝闷酒吗?"韩琦夺下范仲淹的酒杯,"醒醒吧,老小子,将士即使不能战死,也不能苟且。老子脑筋是不好,但是有一身过硬武功,不

二、乘胜追击

做将军也罢了,但起码能做侠客。大丈夫要喝天下酒,走天下路,做天下事!你看老子接到圣旨和你闯三关多畅快!"

见范仲淹不语,韩琦有些恼怒。

范仲淹起身,轻推一下窗子,街上的四五个穿粗布衣的壮汉正回身躲避范仲淹投来的目光,他们腰肌处有几把锋刃闪着寒光。

韩琦打了响嗝,撑着桌子起身道:"这肉也吃了,酒也喝了,你我就此拜别吧!"

"将军,要到何处去?"

"边疆!"韩琦提上刀,束紧腰带。

范仲淹有些语塞:"可是将军不是也和仲淹一样,被剥夺官位了吗?"

"呀呀个呸的。"韩琦执刀砍碎空酒瓶,闻声而来的小莲见状连忙拾起碎片。

"老子怎么能和你一样,老子被夺了兵权,大不了再重新当兵,不像你没了官就像没了命,你就在这里寻欢吧!"韩琦瞪向小莲,大步流星地走了出去。

范仲淹叹了口气,整个身体靠向墙壁。韩琦兄啊韩琦兄,我怎么会在乎这一官半职?太后党羽众多,日夜监视,只有熙熙攘攘的清乐坊才是最清净之处,喝酒、吃肉、唱戏、找乐,各有各的癖好,谁还关注一个落魄文人呢?韬光养晦,才能百战不殆啊。不经意间,范仲淹望向正清理碎片的小莲。今天,小莲穿的是青色亚麻的碎花布,料子定是在相国寺街边买的,可是这做工,前宽后窄,下摆并不前后一致,而是前裙略微高过膝盖。最妙的是细腰之处别着一串铃铛,一旦起舞,铃声自然形成伴奏。

那日,范仲淹苦于无法摆脱探子监视,便径自来到清乐坊。一进门便是胭脂花粉,笛声琴声萦绕在耳,加上歌妓的软语,百声入耳。探子自然不便出入烟花之地。见已摆脱探子,范仲淹想要屏退左右,怎料那个老鸨说:"呀,官人,来到清乐坊,怎能不点茶?"

点茶,其实是道里的规矩,客人必须要点一歌妓方能上楼,否则就不许入门。都是些俗透了的世间女子,但就在这个时候,小莲的琴声响声,接着几句词传入耳中:

娉娉似不任罗绮,顾听乐悬行复止。
磬箫筝笛递相搀,击撅弹吹声迤逦。

歌声婉约,如同人站立在空谷之中,听松涛阵阵。范仲淹少年时酷爱风雅,精通音律,这《霓裳羽衣曲》自然是知道的,但音律节拍往往需要数人才能完成。领班却说这曲是一人自弹自唱。

范仲淹大为称奇,连说:"此曲只因天上有,就点她吧。"

围在他身边的歌妓顿时扑哧笑出声来,领班有些尴尬道:"小莲,卖艺不卖身!"

"哈哈,我喜欢的是琴,无妨!"

领班又告诉范仲淹:"小莲相貌丑陋,几乎没有人为小莲

二、乘胜追击

点茶。"

范仲淹丢下银子,便席地而坐道:"别人不点,我就要点。不论多丑,银子照付,放心吧。"

小莲登台连续演奏《九功舞》《庆善乐》等,范仲淹时不时叫好。小莲发现范仲淹听得一愣一愣的,脸颊红了。自此之后,范仲淹来清乐坊必是小莲作陪。

"呀,"小莲叫了一声,原来是手指被酒瓶碎片划破。范仲淹回过神,从衣服上扯下一块布,替她包扎。小莲抬头望见范仲淹正笨手笨脚为自己的伤口打了一个大大的结,又笑出声,道:"这个大结怕是不能弹琴,只能打鼓喽。"

"打鼓好!大宋将士们最喜欢听到战鼓。只要有鼓声,那就是浴血杀敌的信号。"范仲淹边说边做手势,"就像这样,咚——咚——咚咚。战鼓声需要随战事的进展而变换不同的节奏。"

小莲收拾完碎片,坐到范仲淹旁边问:"那公子必是大将军,小莲很少听到战鼓声。"

范仲淹的眼神黯淡下去,道:"我也很少听到战鼓声了,只是一介市井小民。"

"市井小民也有志向,我相信仲公子会夺取功名。"

"你叫我仲公子?"

小莲有些怯怯地说:"那大汉不是仲淹、仲淹老小子这样称呼你的吗?"

"哈哈,有趣有趣!"

"那你是?"

第五卷　三川喋血

范仲淹做了一个手势,示意小莲靠近,顿了顿说:"我叫范仲淹,字希文。"

小莲的笑容立即凝固,停在原地,又一字字重复了一遍。

"你就是那范公堤,青天大老爷范大人!"小莲后退几步,要不是范仲淹及时扶住,她险些就要摔倒了。

范仲淹安慰道:"现在我也是平民了,不用害怕。"他有些后悔,要是换作平时,他绝不会公开身份,也许今天韩琦来过,让他有些懈怠。也许,仅仅是因为小莲的缘故,他有些喜欢这个女子。

"谢谢大人告诉小莲这些。"小莲眼泪汪汪道,"大人不嫌小莲丑,小莲何其有幸,小莲又何其不幸!"

范仲淹略有领悟,道:"小莲,告诉我你的身世,就凭你的几首曲子,你必定出身显贵。范某虽然人微言轻,但是只要有需要,定倾囊而出,竭尽全力。"

小莲靠在范仲淹的胸口,眼泪浸湿了他的衣襟,道:"我本是党项族野利家大臣的小女,父亲随首领李德明南征北战,颇受器重,阿姐也嫁给了首领之子李元昊。不知为什么,首领病了,爹爹和李元昊政见相左,这个畜生竟然把阿爹阿娘全杀了,姐姐也被赐死。他们放了一把火,家也被烧了。我藏在火堆里一动不敢动,我的脸就在这时碰到硬物,渐渐流出脓,渗出血。只能千辛万苦逃到汴梁,要不是清乐坊的小姐们可怜我,小莲不知道还要遭受多大的罪。"

"李德明每年来宋朝贡,着实儒雅,真没想到其子竟如此残暴。"他望向小莲,这姑娘的骨子里头透露出一股韧劲。

他抚摸着小莲脸上的疤痕问:"伤口现在疼吗?"

小莲换了轻松的语气道:"秋冬之际本应会疼的,但是今年是暖冬,上天垂爱,又遇到大人,就不疼了。"

范仲淹一脸认真,道:"我把你赎回去好吗?这样小莲可以每天都为老夫弹琴了。"

"不。"小莲却道,"大人是英雄豪杰,小莲只是清乐坊的丑女,不配进范府,只希望大人永远记得小莲的琴声,那就足够了。"

5. 黄锦囊

这些天,葛怀敏有点躲着赵祯。倒不是因闯祸,而是害怕自己做错事。范仲淹走之前交给他三只黄色锦囊,说圣上要是苦无良策,便可按顺序打开锦囊。葛怀敏是相信范仲淹的谋略的,知道这些锦囊对于圣上来说生死攸关,况且范仲淹在相国寺街边舍命相救,要是圣上出现意外,他这个贴身侍卫诛九族都不够。于是,他便应承下来。

当张生与韩琦各自收兵之时,葛怀敏看赵祯实在痛苦,就把第一只锦囊交给了他。看到锦囊里的字后,赵祯非但没能减轻忧虑,反而更加愁容满面。第二天上朝时赵祯召张生、范仲淹、韩琦等觐见,太后在一旁端坐闭目。

范仲淹信心满满,还和葛怀敏使眼色。有了这层暗示,一切都烟消云散,葛怀敏心中欢快,难关已渡,范仲淹、韩琦护主有功,定是本朝重臣。自己也在危难时刻挺身而出,想必圣上的忧愁也只是像之前的哭戏一般,做给外人看的吧。结果却相反,张生仅仅被革去官职,以艺人身份陪伴太后左右,范仲淹、韩琦则被贬为庶民,其余救驾将士均遭发配流放。

爱妃张氏看到赵祯消瘦不少,眼眶凹陷,就找到葛怀敏要第二只锦囊。葛怀敏犹豫片刻,还是把锦囊呈上。张氏说范大人必定有力挽狂澜之术。打开锦囊一看,赵祯拍案而起,骂道:"欺人太甚!范仲淹是要朕当孤家寡人吗?"锦囊上的字依然是正体小楷,要赵祯立太后侄女为皇后,将爱妃张氏打入冷宫。

"朕是有感情的!这锦囊妙计,朕看范仲淹是糊涂了吧?"葛怀敏摸不着头脑,讪讪地退下,心里是一个劲儿地痛骂范仲淹。爱妃张氏是开明之人,日夜劝说赵祯要以国家大事为重。赵祯思前想后不肯把张氏打入冷宫,但立后之事还是按范仲淹的计策实行。

午时,赵祯召葛怀敏侍读。赵祯并未像往常一样执卷,而是盯着葛怀敏。

"你们都反了吗?贴身侍卫,不跟在朕的面前,朕的宠妃天天躲避朕,朕到底有多吓人?"葛怀敏看见过赵祯的绝望、痛苦,但从未见过他如此发怒。

"圣上,臣有罪,不该听信范仲淹这乱臣的话。"

文德殿冷冷清清,自从立后起,赵祯也将每日的早朝改为两天一次,所有的事务交由吕夷简,自己则沉浸于佛道。

"范仲淹有没有什么消息?"

葛怀敏愣了一下。

直到赵祯问了三遍,葛怀敏才犹豫着答道:"范仲淹和一丑女在清乐坊……"

二、乘胜追击

"清乐坊？朕看重的大臣在清乐坊，好笑，好笑。"赵祯席地而坐。

"大宋重臣在清乐坊？堂堂大宋帝王连叛将都无法捉拿，甚至连皇后都无法选择！"赵祯喃喃自语道，"好一对君臣连心。"

葛怀敏急了，攀住赵祯的脚，抬头却发现圣上脸颊右侧有一个清晰的手掌印。

"圣上保重龙体！"

"保重龙体？"赵祯指着自己的脸说，"被皇后掌掴，历史第一人吧！"

葛怀敏不知皇上这些天和新皇后是如何度过的，也没了主意，只能不停告诉自己定当守卫圣上安全。

"拿出来吧！"赵祯叹息道。

"可是圣上，范大人说必须到最危难的时刻才能拿出来，况且臣不想让圣上再痛苦下去！"

"朕现在已是四面楚歌，再失去什么朕也能承受。"

葛怀敏想想也对，不再坚持，拿出了第三只锦囊。

赵祯接过后，匆匆一阅，便陷入沉默。

信上只有一个字：等。

三、分裂之势

1. 大国殇

明道二年(1033),太后病危。国中上下一片沉寂,连相国寺街边的小贩都没了喧闹声。不少官员想见太后,全吃了闭门羹。不少群臣小声议论,太后若是一去,大宋的江山政权必定再次动荡,谁能接过大旗仍是未知数。他们都知道太后不可能轻易将权力交给小皇帝,大宋皇帝自有"禅让"之说,能者居之。当年太祖皇帝并未传位于子嗣而是由其弟继位,便是一例。其实,明眼人很清楚,此刻只要谁掌权,谁就能称雄。大多数官员认为,反对太后的大臣要么像范仲淹一样被贬为庶人,要么降职去往边远地区,都城一带的权力都集中在太后派系手中。结果很可能是权力重新归太祖一脉,张生辅佐。但事事瞬息万变,范仲淹当初的单骑救主,也让人看到了小皇帝强悍的一面。

平静之下已是暗流涌动,今日的早朝首次没有太后垂帘听政。大臣们见宰相吕夷简独自站在一处。一身材矮小的官员上前问:

三、分裂之势

"丞相德高望重,太后病危,看来大宋需要丞相定国策,不知丞相有何担待?"问者极为聪明,在权力尚未明晰之前,先打探吕夷简的口风,好以此为自己的官路做准备,众人见状随声附和。

吕夷简起先不答,见实在躲不过,便说:"太后洪福齐天,尔等却议太后身后之事,不怕降罪吗?"到底是老狐狸,吕夷简只一句话便堵住了百官之口。众人自讨无趣,各归其位。一到早朝时间,葛怀敏就从殿后出来,说太后病重,圣上取消朝政为太后求福。宣告完毕,只留下满朝惊愕的臣子们。

相比朝堂之上的沸腾议论,文德殿就寂静多了。葛怀敏正手舞足蹈地描绘大臣们吃惊的表情。

"圣上,你可不知道,有一些老臣听说不早朝,气得胡须都上扬;另一些懒臣则高呼万岁,一眨眼的工夫就不见了。"

葛怀敏继续说着,赵祯时不时回答,思绪始终停留在范仲淹的这个"等"字上。带刀侍卫按理不能过问朝政,葛怀敏想赵祯已被范仲淹这个"等"字迷住了。先是把功臣除去,再是将爱妃打入冷宫,现在又把圣上逼疯,范仲淹这哪是锦囊妙计,明明是夺命三刀。葛怀敏越想越气,后悔不该听从建议,要是不把这三只锦囊给圣上就好了。

"圣上一年来都在看这个'等'字!范仲淹歪门邪道,圣上小心处置。"

赵祯抬头,听到自己的贴身侍卫的劝诫,甚为不满,怒道:"小心处置?这话怎讲?"

葛怀敏知道这反问是存心刁难他,作为圣上的贴身侍卫,他哪怕冒忤逆之罪也要把宫外传闻告诉皇上:"太后病危,如今暗流涌动,有传闻说,张生暗通各州大吏再次起兵,圣上要早作打算!"

"范仲淹那里有什么动静?"

如此关键时刻,赵祯仍关心爱将。葛怀敏始料未及,答道:"圣上,范仲淹仍喝花酒,逍遥自在,探子来报,范仲淹要把清乐坊的丑女娶回范府。"

赵祯并未像之前一般生气,而是在御桌前来回踱步。

"范仲淹是对的,贸然行事只能暴露自己的弱点。太后这些年到底有多少党羽,多少臣子和朕是一心的,这些在当下都能看出!"

"可是圣上,如果叛军杀到殿外,再如何观察都无用了!"

赵祯敲了一下葛怀敏的脑门,道:"呆子,皇后在,我们就在!"

葛怀敏恍然大悟。与此同时,福宁殿侍女拜见说:"太后要见圣上。"

赵祯紧紧捏着范仲淹的锦囊随宫女来到福宁殿,葛怀敏跟在最后。太后并未如意料之中的躺在床上,而是头戴凤冠,神情严肃地望向赵祯。张生并未陪伴左右。太后示意葛怀敏退下,福宁殿里只有太后与赵祯二人。葛怀敏扒在门缝边,试图看清一切。

赵祯觉察气氛有些尴尬,便为太后倒了一杯茶,道:"朕看到母后身体好多了,甚感欣慰。日后朝中诸事仍需母后处置。"

太后突然抓住赵祯的手,杯中茶水倾倒了出来,激动地道:"哀家从先帝开始辅政,二十多年,阅人无数,圣上心里想什么哀家早已知晓!"

三、分裂之势

赵祯能感受到此刻太后的凤冠触碰到他的额头,太后面露凶相,道:"贬谪范仲淹,实际上却是让他搬救兵,圣上的这一招哀家十多年前就用过了。当时先帝刚走,圣上还年幼,哀家和老臣相吕瑞为防止外戚专权,贬寇准,搬救兵。"

赵祯手背汗毛竖立,脊背像是贴着一把随时会穿透自己的利刃。

"立皇后,舍大臣。丢卒保帅,够难为你了。"太后说这话时语气平淡,像是叙述久远的传说,"圣上,要是废你另立也绝非难事,可当年哀家和吕夷简历经千辛才拥立你为帝。当初李妃生下你,就被嫉妒心极强的董妃用朽木调包,先帝误以为李妃生下的是妖孽,圣上可曾知道是哀家央求先帝开恩,进一步探查真相。"

赵祯如梦初醒。他曾听闻坊间有此一说,但认为这只是流言。此时他不由得握住太后苍白的手说:"母后对朕有养育之恩,朕铭记于心。"

"哀家一直在想,人这一辈子,你争我夺,但到底有多少君王能有天下心? 说句不该说的,圣上切莫不悦。"太后顿了顿,待一口气呼出,继续道,"论雄心谋略,圣上不及太宗;论才华艺术,圣上不及李后主,但圣上仁爱有加。这大宋江山啊,起起伏伏,各种算计,圣上太仁慈了,哀家怕你无法担待,一直想辅佐你。"

"朕一直不知母后的良苦用心。"

太后突然大笑,捂住胸口,费力地说:"圣上,你看,哀家说什么,你就信什么。真正的君王是半信半疑,圣上要切记。"

赵祯点头称是。

"圣上。你现在是不是盼望哀家随先帝而去,你就可以独立执掌朝政,是吗?"

赵祯擦拭了一下额头渗出的汗,道:"朕愿母后洪福齐天!朕愿大宋江山如同开元盛世!"

"扶哀家起来!"太后一手撑住拐杖,一手搭在赵祯肩膀上,两人缓慢地走出了福宁殿。在门缝窥视的葛怀敏反应不及被抓了现行,赵祯略微一侧身,葛怀敏退到一边。

太后引着赵祯向南走去,随从跟在他们身后数十米开外。

"圣上,即使百官都希望哀家死,但唯独你应该求哀家多活些岁月。"太后边走边说,"要是哀家不在了,你如何处理刘氏老臣,王公贵族会听你的吗?还有契丹、党项和大宋的关系,难处理啊!"

赵祯眉头紧锁,余光瞥向太后,像是第一次认识她。

"想当初太祖黄袍加身,如果没有百官拥戴,太祖愿意吗?"太后颇有兴致地看向两旁一座又一座的宫殿。

"母后,不然朕让他们备轿?"赵祯搀扶太后,示意脚下有个台阶。

"无妨无妨。"

"圣上,这局哀家已经设了,怎么解看你的本事了。哀家怕是看不到你所言的盛世了。但是,吕夷简、八贤王、寇准、夏竦、包拯,再如后生欧阳修、葛怀敏等将臣,可以说历朝历代难得的名将良相在圣上这代都出现了。这是大宋的大幸!"

赵祯知道太后有意回避张生、范仲淹,但还是问:"如何评价范仲淹、张生二人,朕可以用谁?"

三、分裂之势

话一出口,赵祯自觉后悔,在太后一片肺腑之言后,他竟完全忘记了之前与太后的隔阂,而是像寻常母子一般,向她请教家事。

"人之将死,其言也善,圣上不觉得可悲吗?适才哀家说了大宋的大幸。大宋的不幸可能也正因为有这些能臣。想当初太祖在如何处理党项李继迁的问题上,是招安还是讨伐,就因为大臣意见纷乱而导致延误战机。"

赵祯愣了一下,未能完全消化这有点漫长的历史。

"圣上,哀家就像这浮云。"太后指着天空道,"后世的事哀家已无法管辖。成也范仲淹,败也范仲淹,顺势而为吧。"

突然,太后在赵祯面前跪下,远处侍卫皆惊惧不敢上前。

"母后,您这是何苦呢?"

"哀家曾在先帝面前立下誓言,大宋江山姓赵,哀家的使命就是维护它,否则愧对先帝。生为帝王家,死也是帝王家。"

"母后,快起来吧,这叫朕如何是好?"

"哀家的誓言已经做到了,圣上,放张生走吧,答应哀家!"赵祯第一次看到太后虚弱的眼神。

"也许是张生放过朕呢?"赵祯揶揄道。

"一介书生能号令百官吗?他有策略但无谋略,只能辅不能主,哀家了解他,他是受不得半点委屈的,可是为人臣子不受委屈如何成大事?他害怕久了,所以性格如豺狼,只有伤人才能保全自己。哀家斗胆恳求,过去的事希望圣上就不要怪罪了。圣上答应哀家吧!"

"要不是张生从中阻挠,也许自己很早就能独立亲政。若不是这个小人,自己与母后的关系不至于每回都互相试探、警惕。原谅张生?这是无论如何都无法做到的。"赵祯满怀怒气,不想与太后做过多纠缠。

"圣上,难道你不肯吗?难道要哀家给你磕头吗?"

"朕不恨张生便是了,母后快请起!"

"当真?"

赵祯紧握拳头,道:"君无戏言!"

"圣上仁慈,不怪张生,有这句话哀家放心了。若圣上食言,哀家做鬼也不会放过你!"

"对大宋有功之臣,朕素来敬重。张大人心思缜密,是我朝不可多得的大臣。"

"如果是罪臣呢?"

"朕定能让他由恶从善。"

他们在一座古殿前停了下来。殿的台阶很多,但太后阻止赵祯搀扶她。

"圣上就到这儿吧,哀家到了。"

不知不觉,两人走到了一座废弃的宫殿。殿的门匾上印有"大庆"二字,石柱是旧的,门漆脱落,香炉沉积深灰,似乎一切都是破旧的,但巨大的先帝金身像矗立在主殿上。

"圣上,还有最后一事,哀家要问你。先帝那日曾和你说哀家到底是好人还是坏人?到底是能用的人还是不能用的人?"

赵祯向前一步,跪在太后面前。

"但说无妨!"

"先帝说,您是……是好人也是能用的人。"

太后独自走近金身像,喃喃自语:"我欠你的,都还给你了。"

"母后!"赵祯在身后唤她。

她没有回头,弯下身子,双手合十,一步步走向金身像,道:"别忘记答应哀家的事!"

2. 太后薨

换作平时,四周暗哨时刻监视着范仲淹,哪怕他去解手都有人秘密跟踪。起初这些人还躲着范仲淹避免被发现,后来对方也许失去了耐心,就直接坐到他的对面。今天范仲淹觉得很奇怪,他在清乐坊喝酒,却无人盯梢,自己像是一个失去焦点的人,反而有些不适应了。

"老爷,老爷!"

范仲淹听到管家福熙一边喘气一边在叫自己。

福熙似乎很久没有这般奔跑,坐定后,仍喘着粗气。他夺下范仲淹的酒,猛喝一口,便开始巡视四周。

范仲淹看着空碗,假装责怪他。

"老爷,太后薨了。"福熙掩不住喜悦,但又极为轻声地说。

"什么时候的事?消息准确吗?"

福熙拍了拍衣肩的尘土,道:"侍卫葛怀敏托的信,千真万确。老爷,太后薨了!圣上终于可以亲政,老爷定能重新出山了!"

"福熙,倒酒!"范仲淹并没有露出过多的兴奋之色。

福熙不解地问:"老爷,太后亡故,您为何不高兴?"

"我为什么要高兴?"范仲淹不由叹息,"福熙,太后掌权的这些年发行交子,完善科举,创设谏院,兴办州学。难道你不为大宋失去一位能人感到可惜吗?"

福熙说不出话来,太后令范仲淹郁郁不得志,但如今自家老爷却为这变故感到惋惜。

"大宋的危难才刚刚开始。"范仲淹摇晃着站起来,独自走向街市。

赵祯身穿丧服,在大庆殿上低着头,太后生前的意愿是丧事一切从简,但他刚刚下令不惜一切代价为太后铸造金身像,安置在先帝身旁。然而,殿外传来一阵喧闹声,打破了原有的严肃气氛。

赵祯有些不满,道:"葛怀敏,是谁胆敢在宫中喧哗?"

葛怀敏解释说都城百姓自发走上街头,为太后去世而哭泣。

赵祯细听声音,果然是妇孺的啜泣声,其中还夹杂着低沉的男子的声音。

"太后被百姓惦记着,一代太后母仪天下。众大臣听令,大宋境内斋戒七天,特赦者免其罪责。"

他转过身对吕夷简说:"吕相,一切政务按照之前布置,太后过世朕倍感悲伤,日常琐事由吕相处理。"

大赦天下,这招用得极为高明。先前因反对太后被关押的官员将获释放,当然另一个原因是赵祯答应过太后,放过张生。

老道的吕夷简点头称是,随后却说:"圣上,张生一人已骑马逃

三、分裂之势

出都城!"

"怎么不拦下?"赵祯大为吃惊。

"他手上有太后的通行令牌,无人敢上前阻拦!"

赵祯有些踟蹰,道:"可知道他逃往哪儿去吗?"

"已逃往江陵府,圣上,派人抓捕吗?"

"朕已大赦天下,为何还要再拿张生问罪? 张生是太后重臣,随他去吧! 告诉张生亲眷,一切照旧,张生依然可领取俸禄。昭告天下,朕随时等他回来。"赵祯叹了口气,知道自己还有更重要的事情要去做。

"谢主隆恩!"张生夫人接过圣旨,亲眷们一同起身,几位随从哭哭啼啼。张夫人擦拭了一下眼角的泪珠,吩咐管家请差役喝茶。稚子打开圣旨,拉扯夫人的褶裙,问:"娘,为什么圣旨上没有字?"

张夫人正要询问,几个差役露出冰冷的目光,一人提起白刃,刺向张夫人的胸口。

捅刀的差役讥笑道:"为什么? 那你去问范仲淹吧!"

张夫人睁大眼睛躺倒在地。稚子拉扯倒地的母亲,突然也一声惨叫,做了刀下魂。

短短片刻,张府已血流成河,尸体相叠。最后只剩下一看门老头正缓慢向前门爬去,嘴里喊着"救命救命"。领头的差役示意众人留下一个活口,便在老头身边耳语:"对不起,是范仲淹让我们这么做的。"之后,便拔刀刺瞎了他的双眼。

差役们收起刀,脱下官服,脸上蒙了黑布,又向四处检查了一遍,便迅速从后院逃走了。

3. 群臣危

赵祯本意是让范仲淹作为朝廷钦差去安抚张生亲眷,以此缓和二人过往在政治上的尖锐敌意,如今坊间却谣传是朝廷派范仲淹诛杀张生。赵祯紧锁眉头,看来张生是不会回来的。令他感到更大压力的是那股黑暗势力,假扮钦差刺杀朝廷大臣,这是欺君之罪,是谁这么大胆? 他盯着殿下的范仲淹,说:"朕这次找你来,是想请先生出山做平章事,为朕输良策。"

"臣想问圣上,如何看待这局势?"

赵祯拂袖正坐,道:"大宋江山危矣,但朕苦无治国良策。太后一死,党羽如何处置? 法度如何建立? 西夷藩部如何处理? 朕日夜忧惧!"他大手一挥,宫女们拉开卷帘,一幅宋、辽、党项、吐蕃等国的地形图悬挂在赵祯卧榻之上。

"朕犹如行走在茫茫黑夜之中,急需一盏灯照亮前方的道路。太后虽得治国之法,但法是虚法。朕需要革新,创百代之举。"

范仲淹上前一拜,道:"君有此心,大宋之幸。臣定先忧后乐,替圣上分忧。大宋有强敌辽国、契丹,但子民喜好风雅,无战斗之实,是为弱兵,此其一;其二,太祖定制,制度应审时度势,百姓富而官穷,此乃天下之讥,应吏治革新,重新定制。"

范仲淹说完两点,便缄口不言。

"先生之说有其三,但只讲其一其二,是为何理?"

"其三,请圣上升丁谓、陈元为正一品知枢密院事、开府仪同三

三、分裂之势

司。欧阳修、宋祁顶替其原来位置。"

赵祯点头道:"丁谓、陈元明升暗降,实权更迭,妙!"

"知仲淹者,圣上也。"

"还有其他人选吗?"

"此二人足矣,永叔精通农学,擅用新策新法改变陈规;宋祁务实稳重,心思细密,虽无才情,但可堪重任于肩。"接着范仲淹细数两人的历史,甚至是读书趣味、生活嗜好。

知人才能善用,赵祯佩服这位老臣惊人的辨才能力。

"先生大义,不以出身论英雄。那大人自己又如何打算呢?"

范仲淹退后一步说:"圣上,臣今日尚不宜回朝为官。"

原本松弛的赵祯,全身一紧,问:"先生,这是为何?只有先生才能助朕开创全新的盛世,也只有先生才知朕的痛苦。先生是不满俸禄、官位吗?"

"圣上是仁君,能为明主效命,是臣的荣耀,但现在不是时候。变法革新臣还未有全策,太后余部随时会东山再起,还有罪臣张生,圣上仁厚放其归隐,不料其家眷共七十二人死于非命。凡此种种,定有幕后黑手。臣若出山,君臣在明,敌人在暗,臣怕圣上腹背受敌。"范仲淹面有难色道。

赵祯停下脚步,道:"先生高瞻远瞩,舍弃个人功名,朕误会先生的一片苦心了。"随即他召唤殿外守护的葛怀敏,"去拿酒来,朕要和先生痛饮,畅谈天下大事。"

之后,君臣二人在文德殿对坐,并无尊卑之分,范仲淹不断拿出书卷,在赵祯耳边说着什么。赵祯大多数时候像一位安静的聆听者,时不时点头。

4. 百姓憎

受太后薨的影响,相国寺街边所有买卖都停止了。对于本地人来说不过是在屋中躲上七天,而对行路者而言则有些麻烦。他们要寻找阳奉阴违仍在营业的客店,也需要准备更多的银子。这些天,张生并没有逃到黔州,而是仍然留在都城。最危险的地方往往是最安全的地方。由于仓促逃离,他已身无分文。

从相国寺街边,往东穿过水巷,张生终于来到一家客店。这时几个提刀客正四处游走盘查,来到此店。只见领头的刀疤汉单手举起小二,盘问最近有没有其他人住店。

"都城禁令,谁敢忤逆圣旨!"被吊在空中的小二喘着气说,"客官放我下来,有话好好说!"

刀疤汉又从胸口掏出一张画像,问小二有没有见过这个人。其他几个提刀客并没有闲着,在店中洗劫一番。在确认小二并未见过那人后,提刀客大摇大摆地走出店门。

刀疤汉一脚踢开小二数尺远,还威胁道:"听着,小子,见到这个人立马告诉我。不要想告官,我们还会再来!"说罢,他又扇了小二几个巴掌,将吃了一半的馒头扔向远处。

躲在远处的张生长舒一口气,道:"狗皇帝,表面赦免我,实际却派杀手欲除之后快!"他也不敢再进店了。可三日未进食的张生看到店门口那吃剩下的半个馒头,咽下口水,无论如何都不想就此离去。张生佝偻着背,弹去馒头上的灰。

三、分裂之势

从地上爬起的小二,捂住胸口,吐了一口浊气,发现张生偷吃馒头,破口大骂:"连你也欺负我!"小二拿起藤条,抽打张生的后背。

张生背过身,拿起再次掉落地上的馒头,连滚带爬。刚回首,好不容易得来的馒头又被另一个独眼乞丐夺去。一股压抑许久的无名之火犹如火龙迅速喷发,张生和乞丐扭打在一起,半个馒头在脏兮兮的手上不停地被来回争夺。

"你松开吧!日后到我府上多少山珍都够你吃!"

张生因饥饿渐渐体力不支,但那乞丐也好不到哪里去,他的双腿被张生按着,动弹不得。张生始终无法摆脱乞丐的束缚,松开馒头,站起身向天怒吼:"多少山珍美味不曾留恋,如今我张生竟为了半个馒头和乞丐争食,哈哈哈,天要亡我!"

"老爷!"乞丐吐出馒头,惊讶地看向张生,"老爷真的是你吗?我是您府上管家啊,老爷!"

张生凑近老乞丐,道:"老管家!真的是你?"

老乞丐撩起散乱的头发,用粗布袖口抹了一把脸,道:"老爷是我啊!"

张生和昔日管家紧紧拥抱在一起。

"老管家,你怎么在这里?眼睛怎么了?家里怎么样?"张生一连问了许多问题,自从太后薨了,他就躲藏一处,不知时局。

老管家爆发出沉重的哭声,道:"老爷,夫人和公子全惨死了!那日,皇帝派人传圣旨,说不罚家眷,望老爷迷途知返,夫人刚领旨就被差役砍死。我的眼睛也是被他们弄瞎的!老爷,要为夫人、公子报仇啊!"

张生怔在那里,道:"我张府七十二口人,他们竟……"

老管家点点头,道:"那些豺狼说是范仲淹要置老爷于死地。"

"范——仲——淹!这个衣冠禽兽的伪君子!原以为他只是投错了主,没想到他竟如此卑鄙!"

身后传来一阵马蹄声。

"张生,往哪里跑!"转眼之间,那些提刀客又回来了。

老管家推着张生说:"老爷,您先走吧,奴才贱命一条!"

"不行,要走一起走。"

"老爷带我上天入地,出入富贵,该是我报恩的时候了!"说完,管家朝提刀客撞去,马受到惊吓,乱了阵脚。提刀客虽一刀结果了他,但也一时无法追上张生。

张生见已甩开提刀客,却发现脚下是护城河。"难道我张生也要学项羽,自刎乌江吗?"张生苦笑着,站在河边。

"大丈夫志在四方,死算什么?"这时,张生才发现身旁坐着一位壮士,肩膀宽厚,穿着大宋并不多见的皮革。那壮士递给张生酒壶。

"喝完这碗烈酒,再跳下去吧!"见张生不理,壮士嘲笑道,"怎么一个要死的人还怕我在酒壶里下毒?"

"有什么不敢喝的!"张生抢过酒壶,不管三七二十一,便往肚子里猛灌。起初这酒味有些刺鼻,张生呛了出来,但酒壶很快见了底。

三、分裂之势

"好气魄!"壮汉击打张生胸脯道,"凭这般好酒量,兄台又有何事想不开呢?"

张生刚想回答,提刀客已成包围之势又追了上来。

张生上前一步,道:"一人做事一人当,我和这兄台本素不相识,各位好汉放过他吧!"

听张生这么一说,壮汉也站起身,只不过由于喝过烈酒的关系,这踉跄起身引得提刀客们嘲笑。

"一个都别想走!"壮汉怒吼道。

提刀客哄堂大笑,其中领头的刀疤汉欲牵引缰绳,用马蹄踢翻他。壮汉侧身闪过,只一勾腿横踢,提刀客便人仰马翻。顷刻间,几处暗箭射来,除刀疤汉重伤落马,其他提刀客全部横死。

"哈哈哈,一个都别想走!"壮士慢慢走向刀疤汉。

"你是谁?"

"哈哈哈,我是谁?让你死个明白,李元昊!"

壮士说完,一刀便要了刀疤汉的命。在一旁的张生早已吓得魂飞魄散,当听到"李元昊"这名字时,不由得肃然起敬,这李元昊是党项首领李德明之子。传说李元昊相貌俊美又骁勇善战,在党项部落战争中战无不胜。

"兄台,你我一见如故,可否继续再痛饮一番?"李元昊问。

正发怵的张生心中感叹:宋人常说西夷未开化,野蛮凶残,但性情中人流露出淳朴的民风是文人无法比拟的。弱肉强食本是自然法则,而开化的大宋,又有多少看不见的残杀呢?

就这样,张生与李元昊一人一口酒,微风吹拂,把酒言欢,纵谈天下大事。

5. 圣旨令

范府管家福熙正准备掌灯,瞧见赵祯率宋祁、欧阳修正走来。

"福熙免礼,走,带朕看看你家老爷去。"赵祯发出爽朗的笑声。

一旁的宋祁说:"圣上那么想看范大人,这时候说不定他正在用膳呢?"

"范大人埋头研究法制,肯定忘了用膳,是不是,福熙?"欧阳修附和。

说笑间,四人便来到了范仲淹的书房。书房内卷册遍地,难有立足之地。赵祯见漫山书海,只能低声问福熙:"你家老爷呢?"

福熙用手指向一丈高的书堆说:"在那儿。"

在书堆后面,范仲淹低头执卷,神情严肃,似乎在深思。

"是不是福熙来了? 晚饭搁在这儿吧。"范仲淹并未抬头,而是在书册上批注。

福熙刚想回答,却被一旁的赵祯阻止,他不忍打断范仲淹的思考。

许久范仲淹才抬头看到赵祯及两位重臣。

"圣上。"范仲淹欲起身。

"先生免礼。"赵祯扶住有些腿麻的范仲淹。

"希文,我们可等你有一炷香的时间啦!"宋祁笑道。

"臣失礼了。"

欧阳修也风趣地说:"那你可要给圣上送礼啊!"

三、分裂之势

"哈哈!"赵祯也忍不住笑出声。

范仲淹收拢几本书,腾出一块空地,嘱咐福熙上好菜美酒。待三人坐定后,却见福熙端上"好菜美酒"——一盘酸豆,一壶米酒,几棵略馊的腌菜。

"福熙,圣上来了,去集市买点上好的羊肉吧!"

"不忙,粗茶淡饭,吃得爽口。"赵祯拾起碗筷,反复咀嚼干硬的咸菜。

"圣上,请恕罪。臣整个冬天都伏在书房,虽日夜不敢懈怠,但尚未能完成明黜陟、抑侥幸、精贡举、择官长、均公田、厚农桑、修武备、减徭役、覃恩信、重命令等十项吏法改制。"范仲淹边说边叫福熙拖出厚厚一堆他编写的吏法。

赵祯匆匆扫了一眼,而后说:"先生,改制之事要暂缓了。"

"为何?"

"他回来了。"

像是有种自然的默契,君臣四人都停顿了。没想到只一个"他",竟让宋祁、欧阳修变了脸色;只一个"他",竟然迫使赵祯对变法的计划进行调整。他就是李元昊。

早在天圣六年(1028),年仅二十四岁的李元昊就率兵进攻甘州,谁料三天之内李元昊便越过河西走廊。严格说来,这是赵祯继位后打的第一场败仗。每每想到此处,赵祯都会大怒:"两万守军完败于两千轻甲士,这是大宋的耻辱。"此战后,李元昊并未乘胜追击,而是即刻整顿内政。自此,西夏沉寂五年。

"圣上,变法之事迫在眉睫,箭在弦上不得不发。难道圣上忘记了当初与臣的约定吗?"范仲淹许久才说出一句话。

一旁的宋祁见气氛有些紧张,与欧阳修交换了眼色,道:"开封府知州来报,党项太子李元昊率十余人至东京探查形势,并且已掳走张生。"

"全家都死了,掳走还是自愿出走,一眼便知。"赵祯说。

无论是张生叛逃还是李元昊的进攻对大宋来说都不足为惧,难就难在是变法为先还是打击西夏为先。如果先变法,国家内部的吏治进行重新调整,此举势必引起新旧势力的再次争斗。如果先外战,真宗以来大宋在军事上除了战败就是议和,再加上太后刚薨,赵祯的基业尚未奠定,万一再败,内忧外患,大宋的命运将在劫难逃。雄心如虎的李元昊,计谋如蝎的张生,这二人联手必使天下大乱。

大宋与党项势必有一战。

翌日,天尚未放亮,范仲淹牵白马来到清乐坊。柳树吹拂,几只盘旋的乌鸦嘶哑地哀鸣,范仲淹驻足一处,望向坊间二楼的第三扇窗户。窗户上有一张印有"小莲"的红纸轻轻飘动。直到相国寺街头有了小贩的走动声,范仲淹自言自语道:"等我。"随后,他骑上白马,头也不回地离开了。而在另一边,小莲隔着窗户,靠向墙壁,身体慢慢向下滑。她捂住嘴巴,任凭眼泪流过脸庞,流过下巴,沾湿衣襟。

四、内斗升级

1. 食人村奇遇

毒辣的太阳逼迫范仲淹下马饮水,人困马饥,一个老农告诉他,翻过眼前的这座屈无山,就是党项部落的领地了,老农还提醒他,山上有一个吃人的部落,每到午夜就会觅食。不信邪的本地樵夫想多砍些柴,常常有去无回,连尸体都找不到。范仲淹拜别老农,驰马飞奔,此行的目的只有一个——带回张生。

屈无山看似不高,估摸一天之内即可翻过,但是到了党项边境又如何才能接近皇宫呢?范仲淹骑得很慢,离开大宋国土,每走一步都有可能发生意外。不知过了多久,天渐渐暗下来,竹林深处升起一股白烟,范仲淹牵着马缰绳,来回探路,却始终无法走出这谜一般的竹林。突然坐骑蹬起前蹄,像是受到了某种惊吓。

他抚摸自己的良马,自语道:"黑子,镇定。"重复三遍,黑子终于安静了。范仲淹刚喘了一口气,黑子便两蹄一弯倒地不起。他俯身去查看黑子的伤情,背后竟然伸出一双脏兮兮的手。范仲淹发现那不是吃人的鬼,而是一个骨瘦嶙峋的小男孩。

"叔叔,能不能给我一点吃的?"

小男孩浑身发紫,肚脐之上的两根肋骨清晰可见,脸呈现倒锥形。

"你叫什么名字?"

"狄青。"

狄青接过范仲淹给的馒头和水,并未独享,而是吹了一声口哨,一时之间十多个小男孩从竹林周围冒出。

十多个小男孩并未发生争抢,而是在狄青的带领下有秩序地排好队。范仲淹给狄青两个馒头,狄青平均分成十五份。待分配完成后,狄青率小男孩们给范仲淹狠狠地磕了头。

"谢谢恩公!恩公万岁!"

范仲淹将这群孩子扶起,不由得感叹:"是谁说西夷野蛮,相比大宋官员的钩心斗角,相比百姓的好高骛远,这群所谓的西夷竟也懂得感恩。"

狄青告诉范仲淹,他们是党项人和宋人的后裔。党项人虽然野蛮,但以自己的血统为傲,他们嫌弃宋人的扭捏作态;而宋人自然不必说,与外族通婚,这简直是奇耻大辱,所以狄青的祖先们只能隐藏于边境,没有府衙管束,倒也自得其乐。但是这些年不知何故屈无山种不出粮食,只能人人挨饿。村子里又瘟疫横行,山下的老百姓都不敢上来,于是就说他们是吃人的鬼。自己的奶奶奄奄一息,说到悲伤之处,狄青不禁哽咽。

十几个男孩又跪下恳求:"求求恩公救救我们的家人吧!"素来

四、内斗升级

忧天下人之忧的范仲淹点头上前说:"带我去你们家吧。"

男孩们停止哭泣,响起了一片欢呼声。

"不过,我可不能保证一定能救活你们村里人。"

半个时辰后,他们来到了一间茅草屋。范仲淹抬起头,远处杂草丛生,屋内漆黑一片,看不出有人迹。他在狄青的陪伴下,半信半疑地进门,突然一股强大的外力推他进去,屋门被迅速锁住。范仲淹大惊,看似是茅草屋堆砌的房子,其实内屋是一座小型的监狱。

"狄青,快放我出去。我好心救你们,你们是这样对待恩公的吗?"

"必定是官府派来的奸细,想把我们全部杀死。"

狄青不响,低下头,其余男孩们并未理会范仲淹的叫骂,直接撕开他的包裹,将里面的馒头和一些备用食物掏出来,互相分食。

范仲淹并不放弃,仍然大喊:"食物你们拿去,我要去党项寻人,情况危急,放我出去。"

"别叫了,没有用的。"范仲淹这才发现,屋里关的不只是他一个人,身后有七八个和他穿戴相似的人。

"我们奉太子李元昊之命,捉拿有瘟疫的村民。谁料……"

"我有办法救你们出去,你们能保证不追杀这些小孩吗?"

"我们奉太子之命,否则回去也是死。"

范仲淹未料到党项士兵竟如此听命于太子。

"太子只让你们捉拿感染瘟疫的村民,也就是说,如果没感染瘟疫的村民被捉拿,你们便是犯了欺君之罪。"

不等对方回答,范仲淹直接用破椅子顶住天窗,几人见势发力掰开铁窗。

党项士兵留下一句:"多谢壮士,我们会禀告太子。"

此时已是深夜,范仲淹重新回到竹林中,远处响起一个女子的叫喊声。会不会又是陷阱?他沿着声音走去,只见一个穿皮革的姑娘倒在路上,说是脚崴了。

"你扶我出这片竹林就好了,自会有人找我!"

范仲淹并不看姑娘,直接背起她,按她的指示前行并终于发现了一个小山村。

"为什么你不正眼看我?"

范仲淹放下姑娘,道:"林子已走出,姑娘保重。"

"别去这个村,它是食人村,去了你就死定了。"

范仲淹甩了一下剑柄,径直走去。

"你混蛋!"姑娘拉住范仲淹的袖口,"跟我回去啊。"

"姑娘自重。"

范仲淹回过头才看清这姑娘。她皮肤较黑,说不上有动人之处,但也不俗气,骨子里透露出一股蛮劲。

两人边斗嘴边走到了食人村。他们被眼前的景象所震惊:凡是所能看见的植物比如枯草、树木、败花都有浅红的血迹;村里没有青壮年劳力,除了能看到露出肩胛骨的老少,只有草堆旁的一堆堆白骨。每靠近下一个草堆,崴脚姑娘就发出尖叫声。

前方有一间简陋的茅草屋,内室传来微弱的求救声。

四、内斗升级

范仲淹跟着姑娘走到内室,只见一老婆婆痛苦地倒在地上。两人把她扶到床榻上。

"婆婆发烧了。"姑娘说。

内室极为简陋,漏风的墙,发黄的被褥,再也没有什么东西了,就连倒出来的水都能见到米粒大的石子。

她让范仲淹撑住婆婆,自己按压婆婆的曲池、合谷、外关穴。见无效果,又从荷包里拿出银针,扎向大椎穴。

"只靠银针就能退热,范某闻所未闻。"

大概一炷香的工夫,婆婆的额头冒出不少虚汗。

"终于退热了。"姑娘鄙睨地看向范仲淹。

婆婆醒来后,扶住床榻跪下,道:"恩人啊,要不是遇见你们,我老婆子就要见阎王了。"

"婆婆别这么说,救人是应该的。"姑娘说。

"婆婆就一个人住在这里吗?"

"我家老头、儿子、儿媳都得瘟疫死啦,只剩下我和孙子。他说去找食物,也不知是死是活。"婆婆说这段话时,语气极为平静,"死了,最好能找到尸体,这样我们全家就可以团聚了。"

"奶奶!奶奶!我找到食物了。"狄青兴冲冲地从屋外跑来,手上拿的正是白天从范仲淹手上抢来的食物。

婆婆说:"青儿,还愣在这里干什么?要不是碰到两位活菩萨,我老婆子早就死了。"

"谢……谢。"狄青有些尴尬。

"婆婆不必客气,那我们告辞了。"

婆婆站起身,说夜色已黑,歇息一日再走。晚上雾重,也走不出去。

夜晚,月明星稀,狄青带范仲淹来到一间茅草屋。

"恩公,这里比较简陋,你就将就一晚吧。"狄青弯下身,尽量将茅草铺均匀。

范仲淹接过几捆茅草,伸张双臂,打了一个哈欠,自在地躺下。

"恩公……"

"嗯?"范仲淹笑道,"别说了,你是为了救奶奶,我不怪你。"

"恩公的大恩大德,我狄青定当相报。"

而在内室,婆婆执意要姑娘睡床上,自己睡地铺。

"婆婆,你是病人,怎么能睡地铺呢?"

"姑娘心地善良,老婆子只能祝你和恩公白头到老!"

姑娘原本正在喝水,听到这句话后,"扑哧"一口水喷了出来。

"我和那个木头人白头到老?婆婆说笑了!"

"难道不是吗?我老婆子可不会看错的,这感情的事讲究缘分,既然姑娘和恩公有缘,为何不成就这段姻缘呢?"

姑娘的脸微红,想起范仲淹毫不犹疑地背起她,想起两个人互相搀扶着走过层层迷雾的情景。

"不是吗?"

"婆婆别再说了。"

姑娘翻个身,背对婆婆。

四、内斗升级

翌日,当他们准备离开食人村时,不少村民说他们已经出不去了,党项部落包围食人村,扬言要放一把火把村民全部烧死。村民纷纷走到村长婆婆身边求救。

村子周围已经能看到火苗了。婆婆顿时失了神,丢开拐杖,倒在地上。

"我们也是党项子民,为何因为这瘟疫而抛弃我们?苍天,我们做错了什么?"

村民纷纷扶住婆婆。姑娘对身边的范仲淹低声说:"快走。"

"我不走,见死不救非君子所为。"范仲淹立在原地,双眼直视前方,"大丈夫从不临阵脱逃!"

"什么大丈夫,我是女子,你大丈夫难道不应该保护女子吗?"姑娘拉起范仲淹的袖口,要往林中逃去。

远处传来一阵马蹄声,轻骑士兵手执檄文,叫喊道:"食人村遭天谴,得瘟疫,吾族奉上天之命消灭食人村。"

村民们往村后方逃去,不料早已埋伏的士兵又将他们逼回到原路,将他们团团围住。领头的副将举起双手,弓箭手拉开弓弦,箭头涂有火漆,随时准备放箭。

村民皆为老弱妇孺,见这一阵势,都在原地啜泣。哪怕是有武艺的狄青,也无法抵御百千弓箭,只能徒劳地高呼:"我们也是党项中的一员,难道你们愿意手足相残吗?"

那些士兵像是豺狼,村民的哀求声激发起他们可怕的"狼性"。即使是身经百战的范仲淹面对此情此景,心中感叹,多少次的兵戎相见,都没要了自己的命,现在就是这个荒僻的小山村,竟然是埋葬自己的地方。

狄青大吼一声,只见一支箭直刺他的祖母。

婆婆闭上眼睛,刹那间,范仲淹俯身一剑挡开利箭。婆婆的命算是保住了,但范仲淹却擦伤了手臂。再回首时,几把利剑已架在他的脖子上。婆婆蜷缩在范仲淹的身边。

领头的将领皱了下眉头,欲做一个砍头的手势,手起刀落之间,姑娘站了出来,指着那个领头的骂道:"野利仁荣,你吃了豹子胆了吗?"

原本威武挺拔的领头,听到这一声斥责,竟缩头缩脑,整个背都佝偻下去,就像是裹了脚的女人,柔声柔气地说:"见过公主。"党项骑兵们随着领头的纷纷下马叩首。

姑娘本名叫李胜男,是李德明唯一的女儿。党项人民风彪悍,女人亦是如此,平时耕地,战时运输粮草。公主是首领的掌上明珠,就连李元昊等兄长都要让她三分。

"我让你放人!"李胜男瞪大眼睛看向野利仁荣。

"主公有令,今日务必要剿灭食人村。"

"我已经证实食人村只是谣言,他们并不吃人。"

四周适时传来村民的呜咽声。

"退下。"李胜男道。

野利仁荣仍立在原地。

"没有主公命令,谁都不能退下,除非彻底铲除食人村!"

"愚忠!"

四、内斗升级

李胜男剑指野利仁荣道:"退下。"

"众将士听令,今天谁敢放走一个村民,军法处置!"野利仁荣的脖子渗出血滴。

李胜男并不退让,剑又深入一些。

突然,远处传来震耳欲聋的马蹄声,人未到声音已经传来:"不许胡闹。"

李元昊牵引马缰绳从林中走来,身边没有护卫。要不是佩戴一把闪着光的青偃宝刀,看起来就像是一个江南游侠,脸庞俊秀,长发飘逸,结实的肌肉撑起一件松垮的黑衣。与他相对的是着白衣的范仲淹。这一黑一白之间,两人四目相对。李元昊缓缓向范仲淹走来,在还有一丈多的地方,举起宝刀。

"哥哥,你不准杀他,他救过我的命。"

范仲淹下意识地往后退却。

"抬起头来,看着我。"李元昊道。

范仲淹抬起头,眼神不卑不亢,并不掩饰什么。

因为平时交战难以见到各自主帅的真容,再加上范仲淹这几天舟车劳顿并未好好进食,面黄肌瘦,李元昊倒也未必真的认得。

"你跟我回去。"李元昊拉住李胜男道。

"跟你回去也可以,但你要保证不杀食人村百姓。"

"食人村百姓一定要杀尽!不然我们全部会死!"

"一定有其他办法的。"李胜男说,"如果父王知道你屠杀无辜百姓来根除瘟疫,定会贬斥你。"

"父王就是太过于仁爱,导致我们党项连年饥荒。"

"这和仁爱有什么关系,是你自己不了解种粮农耕之法。"

"是因为我们不懂得抢。"

"杀。"李元昊做了一个手势,有些骑兵上前一步准备射杀,也有部分士兵踟蹰不前。

"其实还有另一解。"范仲淹欲上前,却被士兵横刀阻拦。范仲淹道:"如果能找到瘟疫的病因治愈它,屠杀食人村岂不是多此一举了?况且如果能彻底根除瘟疫,百姓岂不是更加拥戴您了?"

李元昊看着范仲淹,又看向李胜男,若有所思,下令士兵放下刀,双手抓住其衣襟道:"给你三天。"

2. 巧遇桃花劫

三天的时间要彻底根除瘟疫,这简直难如登天。

范仲淹和李胜男抓紧时间,挨家挨户地检查瘟疫的根源。

李胜男蹲在地上,边检查土壤边像是背书一般说道:"《肘后备急方》有记载,伤寒、时行、温疫,三名同一种……其年岁中有疠气兼挟鬼毒相注,名为温病,并立'治瘴气疫疠温毒诸方'一章,记载了老君神明白散、度瘴散、辟温病散等治疗、预防温病的方剂。孙思邈《千金要方·伤寒》立'辟温'一章,记载治疗温病的方剂。还有什么呢?唉!"

范仲淹打掉了李胜男刚刚拔下的草,道:"这是草,不是草药!"

"要你管啊,我自己吃不行吗?"

"你又不是马,吃什么草?"范仲淹被她的言语逗乐了。看着眼前这个充满灵气的小姑娘,他是真心喜欢这样的妹妹。范仲淹幼

四、内斗升级

年丧父,又是家里独子,家是什么味道呢? 也许就像有个可以拌嘴的妹妹一样吧! 可是她是这样想的吗?

"喂,你说该怎么办? 都已经过去两天了。"

"经过两天考察,你有没有发现食人村与其他村落有什么不同?"

范仲淹靠近李胜男。他抓住她身后的一条蛇,他的脸轻轻碰到她的脸颊。

他又救了她。

李胜男的脸一会儿红一会儿白,都不敢看范仲淹。

"是水源!"

"什么?"

"导致瘟疫形成的主要原因是水的变质,食人村缺水,你看看周围除了竹子就再也没有其他植物了。"

"这又能说明什么?"

"毒蛇咬你一口会亡,变质的水喝一口会没事吗?"

范仲淹抓起蛇,李胜男不敢走在他的后面,因为蛇头总是对着她。

"你能不能走慢点,我跟不上。"

"我们要把蛇皮磨成粉,配合金汁,熬成汤,分发下去。"

食人村的村民们围聚在一旁,一个个都瞪大眼睛。一老翁问范仲淹:"这个是用来干什么的?"范仲淹和李胜男的行为太异常了。只见范仲淹拎出一个口袋,掏出五条大蛇,每条蛇都很粗大,五尺长。范仲淹一边紧紧捏住蛇的七寸,一边对烧水的李胜男叫道:"好了没?"

不仅范仲淹的额头冒出汗,就连拿着铁铲捣鼓沸水的李胜男都禁不住抹汗,她知道要是这水不沸腾,身旁的范仲淹随时会有被蛇咬伤的危险。

水烧开后,范仲淹叫李胜男躲到一边,四周的村民也退后几步,范仲淹将毒蛇扔进沸水锅里。五条巨蛇如同进了仙君的炼丹炉,顷刻间停止搅动。村民们议论纷纷,不明白范仲淹的举动。

等到沸水锅里飘出一股肉香味,范仲淹招呼村民说:"一人一碗,吃吧。"说完,他率先拿起一碗,想端给旁边的村民。有村民连连摆手说:"有毒,我不吃!"

村民的这个举动让范仲淹感到意外。

"明明是有毒的蛇肉,还要给我们吃,这两个外来人是何居心?"

"没听到那天恶贼李元昊说的吗,他们叫这个女子为公主!"

李胜男听到后,抢过范仲淹的碗,喝得一干而净,道:"不识好人心!"接着拉住范仲淹的手说,"走。"

"恩公莫走!"狄青扶住村长婆婆走到他们面前。婆婆环视她的村民,拐杖狠狠地扎进泥土里,说道:"都说李元昊凶残,我们呢?要不是恩公和这位姑娘舍命相救,三天前我们就被杀死了。三天里,恩公几乎不睡,日夜思虑解决瘟疫的办法!你们还要如此诬陷他们,我们和李元昊又有什么分别呢?"说完,婆婆推开狄青,拿起一碗蛇汤,颤巍巍地喝下。狄青双手作揖,向范仲淹点点头,紧随

四、内斗升级

其后喝下一碗。

"是啊!是恩公救了我们!"

食人村民风淳朴,谁说的有道理就听谁的,喜怒哀乐都显露脸上。转眼之间,他们便排好队,开始领取蛇汤了。有些村民好久没吃到肉了,自告奋勇又领了一碗。

晚上,李胜男独自来到林子散步,看到范仲淹正在喝酒,似乎有点忐忑,并不像白天紧握蛇的七寸时那样的威武。

"想什么呢?"李胜男拍了一下范仲淹的肩膀。

范仲淹指着天空说:"天星连成一线,这天下又有变数。"

"那么久了,告诉我你的名字吧!"李胜男道。

"本来无一物!"

"什么乱七八糟的,我听不懂!我叫李胜男,党项首领李德明是我的父亲。这些你都知道了,告诉我你的名字,来自何处?"

"我只是一个普通的宋人。"范仲淹并不看她。

"那你可有妻儿?"李胜男说这句话的时候,脸微微有些发烫。

范仲淹并不理睬,径直往前走,碰到正在寻他的狄青。

狄青道:"恩公,大家喝了你的蛇汤,感觉比以前好了。那些得瘟疫的村民,有些都可以下床行走了。"

"好,好!"

李胜男道:"看来村民有救了。"

范仲淹走进每户村民家中,查看患者的病情,李胜男跟随左右。

"一个普通人怎么知道治瘟疫的良方呢?"李胜男问。

范仲淹没有回答,而是仔细地对一个患者说:"每天多喝沸腾的水,按时领取蛇肉汤,这是其他几个草药方子,你收好。"范仲淹拿起药箱问,"还有几户人没看?"

"都走遍了,喂,你这人怎么这样?不告诉我名字,不告诉我身份,也不告诉我有无家室?"李胜男小声嘀咕着,"你是不是觉得我哥哥李元昊残暴,所以不想和我交朋友吧?"

范仲淹停下脚步,故意说:"李元昊?怎么你们是兄妹关系?"

"哈哈,我知道你的身份了。你是不是宋朝派来的奸细?"

范仲淹心里一紧,李胜男"嘘"了一声,道:"放心,我不会告诉别人的。我们党项除了我哥哥之外,其他人都是好人。你们宋朝是我们的邻居,我还想去那里玩呢。"

见李胜男一脸天真,范仲淹松了一口气。

这时,狄青从远处跑来说:"不好了,不好了,李元昊派野利仁荣包围了食人村。"

3. 送君千里外

"野利仁荣,你这个背信弃义的小人!李元昊,你给我出来!"见到村民们被党项士兵捆绑着,李胜男破口大骂。

野利仁荣下跪,勒令士兵放下刀刃,说:"参见公主,我们是奉命行事!"

李胜男走到村民们身前,说:"你们是奉命?你们这是在抗命!李元昊说过,只要食人村没有瘟疫,就不杀村民。现在你们要杀村

四、内斗升级

民,这不是忤逆你们的主子吗?"

四周的士兵有些心虚。

"杀!"李元昊不知从哪里冒出,夺过一个退缩士兵的大刀,直接杀死了离自己最近的村民。这一举动不仅令村民、范仲淹、李胜男目瞪口呆,就连党项士兵、副将野利仁荣也大吃一惊。

"你这个背信弃义的伪君子。我要告诉父亲!"李胜男道。

李元昊欣赏着手里的剑,血一滴滴掉到地上。他舔尽剑上的血,用手轻轻擦拭剑上的血痕,像是在品茶。

"信义?"李元昊指向自己说,"我就是信义!"

"李元昊,你!"李胜男张开双臂道,"要杀就先杀我吧!"转身又对党项的士兵说,"我是你们的公主。要是今天谁再敢杀食人村村民一人,我定让他死无葬身之地。"

士兵们不知所措。

李元昊再次挥剑,竟然砍起了自家士兵。

"要是今天谁不杀村民,如同此人!"李元昊说完,将剑丢弃。

士兵们神情复杂,移着碎步往前。

"慢着!"远处又缓缓走来一队人马。和李元昊手下的士兵不同的是,这些士兵都戴着毡帽,手上的长剑也比李元昊的士兵看上去更加锋利。原本垂头丧气的李胜男像是突然看到救兵,眼睛放光。只见那队人马向两边缓缓散开,嘴里念着范仲淹听不懂的语言,四人抬着的宝座"咚"的一声落地。宝座上的老人站起身,不断咳嗽。不过伴随着咳嗽声,在场的所有人全部跪了下来,除了范仲淹。

老人和范仲淹对视了一下,李胜男走到老人身边说:"父王,快坐下,你身体不好!"

本来严肃的老人见到李胜男立刻露出了慈爱的目光。

这老人正是李德明。范仲淹知道,李德明是一位有为的族长,奉行亲宋和亲辽政策,在大国的压力之下让党项日益强大。几年前甚至向西进兵,杀吐蕃大首领潘罗支,可谓是一代帅才,没想到如今却疾病缠身。

"父王!"原本大大咧咧的李胜男突然声音变得温和。

待弄清楚情况后,李德明只是点点头,费力地站起来,望向李元昊。见李元昊无动于衷,又坐回宝座。

食人村的百姓乘机说:"族长,饶命啊!我们也是党项人,为什么要赶尽杀绝!"

几个侍女不断拍李德明起伏的胸口,像是他随时可能会喘不过气。

"元昊,既然没事,就放了他们吧!"

李元昊做了收兵的手势,顷刻间野利仁荣等人都收回了兵器。

"剑已出鞘,不沾点血,怎么行?"

只闻声音,不见其人,众人好是奇怪。

范仲淹自觉不妙,悄悄往后退几步,见无人注意自己,想趁乱逃走。

"来了,还想走吗?"此人声音中透露出一股寒意,虽说本身不具备杀伤力,但它更像一把未出鞘的利剑,逼人心魄。

或许其他人还会犹豫这声音到底是谁发出的,但范仲淹再清

四、内斗升级

楚不过,是张生。

张生的出现让气氛变得凝固。

意外的是,原本趾高气扬的李元昊却放下手中的剑,搀扶张生落座。

"范仲淹,你不是大丈夫吗?怎么想跑了?"张生道。

"范仲淹?他怎么可能来到食人村?他不是宋朝大官吗?"众人听到"范仲淹"的名字都惊讶得不知所措。

"张生,跟我回去吧!皇上已经答应太后,饶你不死!"范仲淹见已无处躲藏,只能上前一步。

"饶我不死,却要诛我九族,一路追杀我?"张生撩起长袖,手臂上的抓痕触目惊心。细看之下,竟无完整的肌肤。"主公,此人乃大宋文臣范仲淹,小皇帝身边的红人,若是将其捉拿,大宋等于自废一臂,只剩下韩琦老贼。"

李元昊重新捡起兵刃,不断嘀咕:"他是范仲淹?宋朝文臣的武功会这么好?"

"千真万确!主公千万不能放过他!"张生道。

"大胆!"一旁的李胜男忍不住打断道,"我们历代与宋朝交好,怎么能随意残杀大宋官员呢?父亲交代我们要懂得礼让。"

李元昊不屑道:"如果宋人也懂得礼让,为什么每年还要我们进献那么多的贡品?为什么我们只能衣不附体,而懒散的宋人却成天大鱼大肉?"说着,便走向范仲淹。

"住手!"许久未说话的李德明从宝座上站起来,质问李元昊,"我还没死,轮不到你说话!"

说话间,李德明带来的士兵亮出锋利的刀刃。李元昊的副将野利仁荣也不甘示弱,欲举起刀子,却被李元昊牢牢按下。

李德明道:"此人到底是不是宋朝大臣,身份还有待查实。先缉拿下来!"

不容片刻思考,范仲淹被人从背后一击,昏了过去。

再醒来的时候,已是暮色纷纷。令人奇怪的是,范仲淹并没有被囚禁在大牢里,而是躺在一间偏屋的内室。他身上并没有伤痕,这一觉倒睡出了精神劲儿。外面响起了争吵声。

"父亲,你怎么能把他囚禁呢?"

"我没有!"

"那你把他关在哪里?"

"胜男,你是不是喜欢他?不然把他捉起来,当你的丈夫!"

范仲淹看到李胜男的脸红透了,恰巧李胜男也发现了在屋内的他。

范仲淹点点头,向李德明表示感谢。不知是因为刚才的话,还是李德明在场的缘故,李胜男和范仲淹反而生疏起来。但目光交会时,两人又面红耳赤。李胜男想起父亲刚才的调笑,默默走开了。

见女儿一走,李德明收住笑容,又露出忧虑的眼神。他说话时仍然喘着粗气,范仲淹想为其倒茶,却被拦住了。

"不忙,我相信你是范仲淹!深入虎穴,无论是宋人,还是党项人,只要有难,你都能出手相救。别打断我,我的时间不多了。"说

四、内斗升级

话之际,李德明又咳出了不少血。

范仲淹早年学过医术,从李德明说话的神情和咳出的血丝中,已经知道这位开明的族长时日无多。一代英雄,可惜了!

"我向你保证,只要我活着一天,就不会反宋。可惜我那不争气的儿子,一介武夫,一心想要独大。原本我并不害怕,可是前些日子来了一个宋人张生,他阴险狡诈又好战。这点正好和元昊的性格相合。我们党项就要毁在他们手里了!我救过你的命,而这事端又是宋人张生挑起来的!你要帮我一个忙,保护我的女儿。"

李德明的这番话让范仲淹大吃一惊。一个党项首领并没有要求宋朝在军事上的妥协或者挟持范仲淹作为筹码,而是要求保护他的女儿。这是一件容易答应却不易做到之事,望着已经满头白发的李德明,范仲淹点头答应。

"君子一诺千金,记住你的承诺。"

"我已有意中人,胜男如同我的小妹,我定会照顾好她!"

李德明眉头一皱,随即又释然道:"果真是君子,现在我真的相信你是范仲淹!"

等范仲淹走后,李胜男红着眼从侧门走出来,李德明擦干她的眼泪。

"宝贝女儿,谁惹你哭了?是不是姓范的小子,我这就去杀了他!"

"别,别。"李胜男连忙拉住父亲,生怕他真的把范仲淹杀了。

"放心,我倒是喜欢他,只可惜他当不成女婿。"

第二天天未亮,范仲淹被李胜男叫起来,两人骑着快马穿过树林、驿站。直到天快亮了,马也累了,李胜男才放缓脚步。一路上她都没有和范仲淹说过一句话。现在,眼前出现了滚滚的黄河水,不远处停着一叶扁舟。

"过了黄河,取道夏州,就可以到太原府了。"李胜男始终不冷不热,像是对一个陌生人说话。

"你呢?我答应你父亲要照顾你!"

"还是照顾你的意中人吧!"话一说出口,李胜男就驾马离去。

李胜男与上好的宝马像离弦之箭翻过山,仿佛有去无回的壮士。范仲淹知道李德明昨晚的话肯定别有深意,可是他这个连宋朝最高议政之地枢密院都未曾踏足过的人,又有什么资格谈论党项的内政呢?

前夜,李德明找到李胜男,希望她和范仲淹一起离开这个是非之地。父女俩都清楚,李元昊早已觊觎最高统帅的位子。

眼下,不仅是范仲淹在看李胜男那头飘逸的长发,在山的另一边,满头白发的李德明也看到了自己的女儿。他深深地叹了一口气,李胜男果然没有和范仲淹一起走,她选择回来,回到自己身边。李德明缓缓从藤椅上站起身,试图迎接自己的女儿。但是他身后,野利仁荣已经拿着刀逼近了他。

五、出 征

1. 如何是好

　　文德殿好不热闹,几个老臣争论得口干舌燥。起因是赵祯下令废掉刘太后执政时期自己立的刘皇后,而改立跟随多年的爱妃张氏为皇后。这种如此明显的政治信号谁都看得出,不过说到底,立谁为后始终是皇家内务。赵祯是直接下旨废后而非由中书省讨论,对于大臣们来说,这其中包含了两个意义:第一,皇帝开始全面向刘太后的一批旧官僚动刀子;第二,皇帝开始要将皇权牢牢抓在自己手里了。刘太后一族素来位高权重,子弟遍布朝野,无论是谁都或多或少向他们低过头。谁敢保证自己能完全和刘太后一族撇清关系?虽然官员们议论纷纷,但毫无例外都往两人身上看,一个是宰相吕夷简,另一个是真宗时期便极为显赫的重臣礼部侍郎、参知政事,工、刑、兵三部尚书丁谓。可以说,这两人几乎控制了大宋所有的权力。不过要认真算起来,吕夷简因为之前既不是太后一派,也不是赵祯一派,他的职务大都是虚职,真正掌管实际权力的是丁谓,他的地位仅次于太后身边的张生。

几位大臣要是换作以往都不大敢和丁谓说话,但今日朝中暗流涌动。这点也不足为奇,皇帝要全面亲政,旧贵族势力势必受到打压,原先的官员遭到清算,眼下人人自危。

"丁大人,一会儿的早朝,圣上要宣布立后之事,大人可曾听闻风声?"

"风声?这立后之事圣上早已下诏,何言风声?"丁谓说这话时,一副要吃了对方的神情,"还是想想你们自己的乌纱帽吧!"

丁谓说完并不理睬那些官员,他的刚愎自用在情绪上就已显露,相比之下,老相吕夷简还是站在远处。众人原以为吕夷简丧子丧妻之后,行事会变得张扬,可是除去头三个月闭门不出,之后他又恢复到了之前为官狡猾的一面,甚至更胜从前。但平时少言的吕夷简这次意外地发言了,说:"诸位,风暴就要开始了。"

"吕大人何出此言?"众人皆惊,吕夷简不再说话,而是退到一处,仔细观察哪些人吃惊,哪些人淡定。

有这样想法的不仅是吕夷简,赵祯同样是这样想的。当文德殿上官员们正在激烈讨论时,藏在帷幕后面的赵祯已经了然一切。他暗暗记下了每个官员的神情和态度。

早朝开始了,出乎意料的是,赵祯这次撇开了通常的朝中要务而是直接宣布废后之事。文德殿上官员们陷入沉默,不过,不少大臣随即都下跪山呼"万岁"。也有一些官员不知所措,少部分像丁谓等大臣并不下跪,而是向赵祯瞪大眼睛。

赵祯表面上不露声色,只是在此时想起了刘太后:这位大半

五、出　征

辈子活在权力中心的女人面对自己家族的趾高气扬会有怎么样的想法？像丁谓这种靠着小聪明谄媚的人如何能成大器？唉，刘太后、张生一走，看来这刘氏一族没落了。

赵祯心不在焉地听着丁谓絮絮叨叨的话，更在意的是始终不发一言的吕夷简——这个藏在暗处的老狐狸。

赵祯本想叫吕夷简，不料等丁谓语毕后，吕夷简站在朝堂中央，行三叩九拜之礼，说道："圣上英明！"

众官员见丞相已经俯首，纷纷跪下，这一跪倒使站着的几个人显得有些突兀，丁谓和太后余党是断不可能叩恩的。

赵祯面对此情此景莫名地感伤起来，他料到太后会有一些余党，可是没想到外戚专权竟到了如此地步。要不是吕夷简带头支持，那他的号令岂不是一纸空文？更令他意外的是吕夷简的态度。废后一事，原本就是一个幌子，赵祯想再试一试那些太后时期执政的老臣们。当触碰到底线时，赵祯就会收回圣旨。但是，吕夷简主动带头支持，让事情又成了难题。赵祯无论怎样都会得罪一派。收回圣旨，无疑是对吕夷简为首的中立派的一次打击，若确立废后之事又将触碰到老贵族们的利益。赵祯的目光穿过那群官员，在等待一个回音。

在文德殿的最后站立着一个面色发黑、头发凌乱的人，巧的是当赵祯看向他时，他也正注视着赵祯。

赵祯从宝座上起身，问道："希文有何良策？"

此时，无论是丁谓还是吕夷简都眉头紧锁。当范仲淹从朝堂之上慢慢走入前殿，一路走来，争议之声也一路不断。

"穿成这样入朝,斯文败类!"

"范仲淹是穷得叮当作响!"

窃窃私语之声逐渐变成了讥讽,朝堂之上又传来一阵阵笑声。

范仲淹若无其事,拍了拍身上的灰尘,向皇帝请安,接着便岔开原来的废后话题,而是将这几天在西夏边境的经历禀报了一番。不过,除了赵祯,其他大臣对这一段传奇经历都不以为意。

范仲淹用力拂去衣袖上的灰尘,道:"各位大人,范某并不是游山玩水,而是寻找张生,途中偶遇党项族长之子李元昊,若此二人联合,我大宋危矣!"

"蛮夷之地,如何危及大宋?"丁谓一带头,众人哈哈大笑。党项与宋朝的关系渊源已久。尽管李元昊的名声早已传遍大宋朝野,可是一人能和宋朝对抗吗?但范仲淹并不这样看,他太了解党项族了,把时间再往前推一百年,想当初李元昊的祖父李继迁被打得只剩下几十人,却靠这些残兵败将竟夺回了银州。

"李继迁夺银州的事,你们都忘了吗?"范仲淹罕见地发怒。文德殿上一片沉寂,可是没过多久又恢复了原有的热闹,官员们更关心的是立后的事。

范仲淹看到赵祯脸色铁青,这才想起自己的正事未办!

范仲淹回到大宋,还未来得及换身衣服,就被赵祯秘密接见。赵祯将范仲淹不在的这些天,朝中发生的大事都悉数说给他听。范仲淹知道对皇权来说,朝中内忧总比外患来得着急。上次刘太后的兵戎相见,虽然是皇宫之内的事,可是一旦传出去,整个皇室的威严势必受到影响,这又会加速新君旧臣的隔阂。

五、出 征

可是范仲淹是仗义执言的臣子,他不仅忠于大宋皇帝,更忠于大宋百姓。他在朝堂上对于边疆危机的疾呼发自肺腑。现在他才想起自己之前给赵祯出的废后计策。

范仲淹内心是极其不悦的,边疆危机关乎国家的存亡,可是朝中官员还在为自己的利益考虑。但是,再不悦也要忍受,毕竟这个计策是自己向圣上提出来的,可是范仲淹也未曾料到吕夷简会支持赵祯废后的举措。其实,无论赵祯、范仲淹选择哪一派,都会得罪另一方。不过此时,范仲淹向圣上用力地点了点头。

赵祯看到暗号,同样点了点头。因为对于吕夷简的这一招,两人还是有所防备的。上朝之前,赵祯问范仲淹如果无法选择,那该如何取舍?范仲淹沉思后说:"圣上可自行裁断。"

赵祯站起身,表情凝重,想到刘皇后就不禁愤怒。

文武百官都俯身低下头,听候皇帝的旨意:"朕废后之事心意已决,无须多言!"

赵祯既然这么说了,官员自然领命,但似乎有一人还不肯善罢甘休。

吕夷简又站出来,磕头说道:"废后乃圣上的家务事。但是皇后毕竟是大宋子民的国母,既然圣上说废,那以何种罪名被废?废掉之后,又该如何发落?望圣上早作决断,给天下人一个交代。"

吕夷简的话合情合理,原本赵祯未想惩罚皇后,可现在吕夷简的话字字说到他的心里去了。如果在这个当口顺势除去皇后,对郁闷多年的赵祯来说无疑是一个诱惑,可是若除去皇后,那对于太后派的剩余势力是一次全面的挑战。

吕夷简的两次跪拜是范仲淹无法预计的,这又将赵祯推到一个尴尬境地。

赵祯表现出罕见的成熟,并没有过多的犹豫,便说:"丞相是先帝亲任的顾命大臣,朕想听听丞相的意见。"

吕夷简举起一只手,又迅速落下,说:"杀!"

2. 野心外露

范仲淹走后,李胜男不再像从前那样开朗。她很少回到宫中,而是将时间都留在食人村,那是和他最美好的相遇之地。食人村也不再像过去那样颓败、冷清,李胜男将宫中许多花草树木移植于此,又命令部下按时开垦荒地种上粮食。一时之间,食人村变得热闹极了,黄发垂髫,怡然自乐。有时候她教村民们读汉书识汉字,那些村民教她编织衣服。

不知道此刻他在黄河的那一端干什么?李胜男真想和范仲淹在这里一起生活。她想象着和那个呆子白天打鱼晚上教子的场景。

"哇!"也许是想得太入迷了,李胜男被织衣服的针扎到手心。

身旁的村长婆婆捂住她的手心,边敷上药边笑道:"公主,怎么这么不小心?我可还是第一次看到编织针扎手的。"

李胜男放下手中的活,说:"婆婆,我常年跟随父亲征战,虽说是女儿身,可父亲都快把我当男孩养了。我从小就不会这女儿家的手艺,奶奶再教教我吧。"

村长婆婆道:"好,我的公主。老奴保证让公主拥有党项最好

五、出　征

的女红手艺,让骑马的汉子、读书的才俊全部拜倒在公主的裙下,好不好?"

"婆婆,你在笑话我?"李胜男羞红着脸,喃喃自语道,"我只想做一件衣服。"

"是不是给恩公穿的?"

"婆婆,你还让不让我织衣服啦!"李胜男的脸更红了。

党项部落日常作息不像大宋,他们全民皆兵,有严格的寝起时间。可是现在已到三更,部落的一个圆顶帐篷还闪着微弱的光。张生和李元昊正对着一张羊皮地图进行密谈。张生如同纵横家,说到激动之处,挥舞双拳,像是要把周遭的一切都吞噬殆尽,相反,李元昊更多的时候只是一个安静的倾听者,时而点头,时而皱眉,只有一双眼睛藏有杀气。

霎时,李元昊提起手边的弯刀,终究晚了一步,帐篷外的数十名士兵已等候多时。领头的士兵是狄青,刚刚成为首领李德明的贴身侍卫,道了一声"首领有请!"

李元昊的右手始终搭在刀托上,朝张生使了个眼色,迅速被带走了。

李德明的行宫只是三座破旧宫殿,从小李元昊都不理解父亲为什么不修建与那古都长安兴庆宫相媲美的宫殿。李德明曾教导:唐宋的建筑是我们党项不敢效仿的,我们的使命就是保护我们的族人。李元昊常常不屑于父亲的话,认为他过于软弱。

现在,李元昊被父亲的手下羁押着前行,心情有些沉重。

行宫里,李德明仍然躺在榻上,示意李元昊坐下。

李元昊观察四周,并无士兵埋伏,要是他此刻动手,神不知鬼不觉,传位的玉玺就在离他不远的几案上。刚刚押送他的守卫已全部退下,此刻空荡的大殿中只剩下父子二人。李元昊将刀靠在身后,渐渐走向正不断咳嗽的父亲。先前也有类似的父子二人独处的时机,可是每当李元昊将要下手的时候,他又放弃了。

"还不动手?"李德明忽然从榻上坐起,将咳满鲜血的绸巾扔向李元昊。

李元昊刚想拔刀,顷刻之间四周的守卫破门而入,甚至是顶梁上的弓箭手都将箭头死死对准李元昊。

李德明大手一挥,守卫们又立刻消失,像未曾出现一般。

"你心里想什么,为父都知道。弑父容易,可你怎样服众呢?"李德明重新卧在床榻上,身体虚弱极了,"你的爷爷说,要让我发誓永不反宋,我一直遵行了。有时候,我也不明白,你的爷爷南征北战,将几十人逐渐壮大为数万人马,为什么临死之前让我立下永不反宋的誓言。直到我做了首领,看看不识字不耕田、只懂打仗的游民,彻底明白了我们和大宋相差万万倍!"

不久,狄青押解张生入殿。原来见自己主公被带走,张生连忙召集野利仁荣,准备派兵攻打李德明的行宫,不料被早有防备的狄青拿下。

李元昊紧紧握住刀,额头沁出不少汗。

李德明再次示意守卫退出殿外,之后对李元昊说:"把刀放下吧,我还没到老眼昏花的程度。"

"儿知错了。"李元昊见事情败露,重重跪地。

"你会给族人带来灾难,但是能够给整个部落带来希望的也只有你!"李德明扶起李元昊,抓住他的衣襟说,"你不是一直想看看这玉玺之下的继承人是谁嘛?那你去看看吧!"

李元昊接过玉玺,见上面赫然刻着自己的名字。他丢下刀,扑倒在李德明面前。李德明面带微笑,在他身边轻轻耳语,不久便陷入昏迷。

3. 边境风云

野利仁荣有几个月没有见到李元昊了。虽说主公向来行迹飘忽不定,但以往都会用烽火告诉他大致方向。现在,李德明病重,随时都有可能死去,而身旁的叔父、太后个个都是统领的有力争夺者。如此关键时刻,李元昊失踪了?难道是遭遇不测?当然,这些想法只是快速闪过,因为在野利仁荣的印象中,无所不能、无所不知的李元昊从未遭到过暗算。可茫茫大地,哪里才能找回自己的主公呢?

野利仁荣来到了热闹的榷场,见到有一算命瞎子正朝向自己。他想为主公算一卦,也想为党项的命运算一卦。

"算命的,你……"野利仁荣还未落座,就吃惊不已。只见算命瞎子的几案上摆放着一张英俊的年轻人的画像。画像上不是别人,正是自己的主公李元昊。野利仁荣询问这张画像的来历,算命瞎子并不回应他,而是答非所问。

第五卷 三川喋血

卓啰榷场位于大宋与党项边境。党项常年向大宋输出马革皮草，以此换得大宋的丝绸与茶叶。这个榷场不同于官方贸易，而是完全依靠百姓的货物交易，双方士兵只负责巡逻守卫。一个算命瞎子竟然有李元昊的画像？野利仁荣一把揪住瞎子，亮出锋刃："说，画像是哪来的？"

算命瞎子并不是党项人，大喊："快来人，快来人啦！竟有人欺负瞎子。"

野利仁荣被摊贩们团团围住。见远处一队宋兵正向自己赶来，野利仁荣只能推开瞎子，想悄悄溜走。算命瞎子死死抓住他的衣袖大喊："别让他跑了！"

宋兵越来越近，野利仁荣明白，一旦自己的身份暴露，便违反了榷场中官方不得入市的文书，轻者，削官扣饷；重者，影响到部落的贸易。

野利仁荣只能展露党项特有的拳脚功夫，一拳挥向瞎子的嘴角，趁乱逃出。

虽然躲过了榷场的宋兵，但野利仁荣始终觉得身后有人跟着他，无论是快跑或慢走，都无法摆脱。野利仁荣自幼跟随李元昊南征北战，能在脚力上胜过自己的，怕是不多。

正当野利仁荣思索之际，跟踪者将手搭在他的肩上。此人功力深厚，有几十年的习武经验，任凭野利仁荣如何使劲，就是无法拨开那只像沾了胶的手。

野利仁荣回头一看，原本愤怒的面孔突然变得极为谦卑恭敬，原来是李元昊。

五、出　征

李德明、范仲淹,哪怕是野利仁荣都不知道,李元昊除了参与重要部落事务,这些天都在榷场。榷场是目前大宋与党项唯一的联系之处,他想观察了解大宋的虚实,更想为日后的复兴做准备。

主仆两人来到驿站,野利仁荣向李元昊汇报近来部落事务,李元昊漫不经心地回应一二。

李元昊问:"野利仁荣,你说我们党项与宋朝有何不同?"

野利仁荣答道:"主公,仁荣觉得还是我们党项好,天天喝酒吃肉,遇事不痛快了,骑马在草原跑一圈。咱们的女人,胸大臀翘,不像宋朝的娘们,个个都娇滴滴,看上去有病……"

李元昊道:"够了!"

野利仁荣不知道李元昊为何生气,生怕自己分析得不到位,继续说:"咱们的马那是汉朝骠骑大将军留下的种,那日行千里的能力,宋、辽都要佩服得叫一声'铁鹞子'。"

"是文化!"张生说。

李元昊连忙拱手作揖,对前来的张生说:"先生,您终于来了。"野利仁荣这才知道李元昊原来要找的不是他,而是张生。

野利仁荣给张生倒了一杯茶,问:"先生说文化不同?党项族自建立之初就学习洛阳习俗,有何不同!"

张生道:"错就错在这相同上,我党项族以牛羊为业,饮血为生。宋朝除太祖皇帝,无一崇武!党项焉能学宋?"

野利仁荣道:"什么叫'我党项'?先生是宋人吧!"

张生道:"照此说来,党项称宋朝为父,那野利将军岂不是该称我为兄?"

"张生,你这混账东西!"野利仁荣大骂。

"住口!"李元昊重新给张生沏了一壶茶,"张先生是我的老师,你要是再放肆,我就砍掉你脑袋。"

野利仁荣一听,只得干瞪张生,不再说话。

李元昊问道:"那按照先生的意思,我如何能复兴党项的霸业?"

张生拉住正埋头吃菜的野利仁荣,盯着李元昊的双眼,说:"主公,文能安天下,武能夺天下!"

4. 千金难英雄

清乐坊外,余音袅袅。小莲的琴声有勾人的力量,范仲淹闭上眼睛,微微颔首。突然,琴声断了,小莲竟哭泣起来。

"小莲,怎么了?"范仲淹用袖口擦拭她的泪痕。这一哭,脸颊更加绯红,一颦一笑,又突然声泪俱下,配合着那胭脂气,再坚硬的石头都会化为碎石。

小莲倒在范仲淹的胸口,说:"唐家无戟少爷,已和老鸨说出一千两银子赎我。"

"那老鸨同意了?"范仲淹心里一紧。

"老妈妈说,这是有钱的主,且晾他一会儿,说不定能出到两千两银子呢?"小莲已哭成了泪人,"我怕以后再也不能给您弹琴了。"

"小莲!"范仲淹紧紧抱住她,"好一个唐无戟,竟敢夺我之爱。"

范仲淹今天有点失态,不知是酒过穿肠,还是美人在怀,他决

五、出　征

定要将小莲赎出来。四十出头的年纪,正室常年在吴县照顾稚子,娶个小妾应该不过分吧。

范仲淹询问管家福熙:"家中可有一千两银子?"

福熙哈哈大笑:"老爷,您是清官,怎么可能有一千两呢? 前段时间,京畿酷暑,老爷将一半的俸禄都捐给灾民了!"

"那现在府上还有多少银子?"

福熙很奇怪,老爷从来不过问府中库银的事,只能掏出账本,细细盘算。

"禀告老爷!"很快福熙便合上账本,说,"除去日常开销,还剩十五两。"

"十五两?"

十五两距离一千两,还差九百八十五两,这巨大的落差让范仲淹无可奈何。去借? 范仲淹不是没想过,可是考虑了一圈借钱的名单,发现都是清正廉明的官员。有些家里贫寒的官员,还是靠范仲淹接济生活的。

"老爷,您是要筹钱吗?"福熙说,"我这里还有十八两,可否帮助老爷?"

连管家都比自己有钱,范仲淹长叹一声:"杯水车薪,福熙,我是穷老爷,你是穷管家,这些钱你自己用。我要筹的是一千两。"

福熙吓了一跳,老爷要筹那么多钱。可是,多年的管家经验告诉他,什么事该问什么事不该问,但好的管家可以给主人指一条明路:"老爷,为何不选择典当呢? 老爷不是有一幅前朝柳子厚的书法吗?"

"对!"范仲淹一把抓住福熙,"甚妙,甚妙!"

范仲淹发现福熙的唇齿间隐约有血痕。

"老爷,奴才还有一件事禀报。前不久去卓啰,老爷让我找的人虽然没找到,但是有一党项人询问我此事,而且那人看到老爷所画之人,竟向我挥拳。"

听完福熙的描述,范仲淹眉头紧锁,已经暗暗猜出几分端倪。此事非同小可,看来党项人是要有所行动了。

"老爷,那典当的事还是交给奴才来办吧。"

"不用,这事我亲自办!"

相国寺街边依然热闹非凡,范仲淹着便装踟蹰在典当行的门口。他手上拿的是最珍爱的柳子厚的《酬贾鹏山人郡内新栽松寓兴见赠》真迹。范仲淹再次抚摸了一下多年的收藏,狠一狠心,踏进了典当行。

典当行老板细细甄别后,范仲淹询问:"可当多少银两?"

"此物从何而来?"老板谨慎地问。

"我平日收藏。"

老板大笑作揖道:"王某虽不才,但知道这子厚真迹藏于范公堤范大人府中。此物为何在你手中?快如实招来。"

范仲淹的手被老板捉住,有些哭笑不得,只能拿出令牌。

"原来是范大人!小的有罪,小的有罪!"老板连忙跪下磕头。

范仲淹道:"王老板快请起!是我未表明身份,怎能怪你!"

五、出 征

"范大人,您说当多少钱?"

"这个……值一千两吧?"范仲淹面有难色,他未曾了解典当行情,只能估摸着真迹的价值。

"范大人能割爱,想必遇到难事,王某敬重大人的为人,就一千五百两,当期大人自定!"

"我只需一千两。"范仲淹坚决推辞,"范某也不知什么时候能取回此作,一切按规矩办事。"

5. 重重意外

小莲说唐无戟要出一千五百两银子赎她的身。

范仲淹拿着好不容易得来的一千两银子,暗自怒骂:"这唐无戟到底是何许人,小莲脸上有疤,寻常富贵子弟是不容易喜欢上这样的一个女子的。"

小莲道:"我未曾见过唐无戟少爷,连他的容貌、品性都不了解。"

福熙看到范仲淹和小莲一起,心中有些惊讶,道:"老爷,这唐无戟是丁谓的小侄。"

真没想到向来飞扬跋扈的丁谓竟能想到这一招妙棋,用钱来钳制自己。

"老爷,即使你出到一千五百两,这唐无戟定会升到两千两!除非……"福熙说。

"除非我登门拜访,与他为伍。我范仲淹何时与这等小厮往来!"

福熙道:"老爷那可如何是好?"

"小莲的事让您费心了。"小莲拿出一只铁箱子,里面有些金银细软,"这是小莲的全部家当,差不多也有五百两。请您拿去赎小莲,老妈妈不会难为您的。"

范仲淹知道小莲已将下半辈子托付于他,这些细软是她的半生心血啊。

福熙道:"老爷,赎小莲小姐的事,奴才立刻去办。还有一件更重要的事需要您立刻前往。"

"何事?"

福熙神色凝重,道:"党项首领李德明死了!"

"继位者是谁?"

"李元昊。"

文德殿内,赵祯和范仲淹并未像往常那样君臣并肩而坐。

范仲淹长久地跪在石级下。

"范仲淹,要不是我通知你的管家,你都不知道党项部落已换首领了吧!"赵祯将边境发来的奏折扔向范仲淹。

"圣上,臣恳请即刻出兵讨伐党项!"范仲淹的头重重磕在地上。

赵祯更为暴怒,走到范仲淹身前,道:"我大宋为何要讨伐党项?就因为首领归天?偷袭,我大宋怎么能做这种偷鸡摸狗的事?"

"圣上,李元昊狼子野心,管家福熙见到党项士兵在榷场

五、出　征

出没。"

"那又如何,我大宋百万军队,还怕一个区区的党项吗?"赵祯拂袖,坐回宝殿上,"即使要决战,也不应该趁对手政局未稳之际。"

"臣怕夜长梦多!"

其实,君臣二人早有嫌隙。范仲淹从党项归来后,其废后之计被吕夷简识破并反戈一击,赵祯与旧贵族的矛盾急速加深。另外,坊间关于"狸猫换太子"的传闻从未间断过。朝廷内部,敏感时期还未完全过去,范仲淹就想毫无因由地举兵攻打党项。这种劳民伤财且不道义的战争,在赵祯这儿是断不可行的。

赵祯道:"退下吧,范爱卿!朕有点累了!"

"圣上。"范仲淹长跪不起,"臣考察过党项,男人能与猛虎决斗,女人能弯弓射雕。上至六十老者,下至六岁稚子,都善骑术。兵器……"

"你的意思是我大宋士兵还比不过党项人?"

"启禀圣上,若不偷袭,绝无胜算可能!"范仲淹目不斜视,盯着远处的石柱。

赵祯气得打碎一只瓷杯,殿外的葛怀敏闻声而来。

"你再说一遍!"赵祯抓起范仲淹的肩袖。

"绝无获胜可能。"

赵祯来回踱步,道:"葛怀敏听令,将范仲淹押入大牢!"

葛怀敏身子一抖,道:"圣上!"

"算了。范大人还是管好自己的个人生活,卖了字画去青楼!

这事还不够你操心的吗?"说完,赵祯拂袖而去。

夜晚,范仲淹在酒楼买醉。

"店家,再拿二十碗黄酒上来!"桌上已摆满了空碗,范仲淹真想大醉一场。他想过吕夷简、丁谓之流会暗中监视他,但从未料到圣上也派人监视他的一举一动。若失去皇帝的信任,之后的振兴大宋计划就难上加难了。

福熙劝道:"老爷,别再喝了。小莲姑娘已收拾细软,到范府了。"

"哦。"已经微醺的范仲淹连忙起身,奔向自己的住处。他急需有个弹琴之人能抚慰他有些孤寂的心灵。

今天的范府看上去和往日有些不一样,小莲正打扫着房间。

"老爷,你回来了!"小莲道。

范仲淹的眼眶有些泛红。

"老爷,你喝酒了?我去帮你沏一壶茶!"

范仲淹抓住她的手,说:"不急,小莲先为我弹奏一曲吧!"

不知怎么,范仲淹却无心听琴,始终想着党项。此刻他们到底会干什么呢?李元昊有了张生,更加不好对付。丁谓、吕夷简,还有捉摸不定的圣上。大宋,大宋,你到底将走向何处?范仲淹看着小莲,又有一些浮想。

6. 谋定而后动

接连几日,党项发生了许多变化。李元昊听从张生建议,所有族人全部剃掉原先仿宋的发式,无论老少全部只留两边的头发。

五、出 征

族人议论纷纷,可这只是李元昊改革的第一步。他随即下令,党项从今往后,不准再穿宋人的丝绸类服饰,全部改为党项传统的皮革麻衣。

习惯很难改过来,有些反对者聚集在宫门外,李元昊下令逮捕闹事者,当场砍下脑袋。张生宣布:"不服者,如同此人。"

百姓缄默不语。李元昊最大的改革措施还在后头,他看着族人,张开双臂道:"党项历经父辈们的努力得以到现在,然北有契丹,东有宋国,西有吐蕃,四周又多沙漠,灵州寸草不生。我要建立我们的都城。现在我们将建造新的兴庆府。我们不能学宋、学辽,我们身体里流淌的是老党项人的血液。"

先兵后礼,不怒自威,无人反对,族人们纷纷拿起烈酒干杯。

不过,现在只有野利仁荣有些郁闷,对着一群驼背的大学士,说:"你们给我好好地编,将来加官晋爵少不了你们的。"李元昊嘱托野利仁荣,召集党项最有名的学士,创造属于自己的党项文。

野利仁荣想不通:为什么主公不带兵打战,反而开始搞文化了?他掏出自己的宝刀,刀锋不再锋利,往刀背上吹口气,竟落下灰尘。唉,野利仁荣走出屋外,练了几套刀法。挥刀那一刻,李元昊正向他走来,野利仁荣连忙收刀。

"怎么?想带兵打仗了?"

"回主公的话,许久不练,刀法有些生疏了。"

李元昊一把抢起野利仁荣的宝刀,说:"无论藏多久的宝刀,一旦出鞘,怎能不沾血回鞘?"

野利仁荣眼睛瞪得发亮,问:"主公,我们要打仗了?"

"野利仁荣听令,速领两万人马!取道夏州,夺取河西走廊。野利仁荣,这一仗必须胜。这恐怕也是几年内唯一的战争。"

"主公。"张生从远处赶来,衣襟上还带有血迹。

野利仁荣颇为不屑地挖苦道:"张先生是刚刚杀完人?"

张生道:"确实。"

野利仁荣问道:"那杀的是谁?"

"阿保机。"

"放肆!"野利仁荣大惊,"阿保机是主公的舅舅,张生,你想造反吗?"

"我还一并拿下了卫慕氏。"张生擦拭了一下袖口边缘的血。

野利仁荣拿起宝刀,架在张生的脖子上,道:"张生,主公定将你五马分尸!"

李元昊命令野利仁荣放下宝刀。

"主公,张生大逆不道!"野利仁荣愤愤不平。

李元昊对张生的行为并不震惊,反而说:"是我让他这么做的。"

只听得宝刀清脆的落地声。

黄河边上早已人山人海,水浪不断冲击岸边。

"李元昊,连生母你都敢杀害?你不得好死!"

从李德明死去那一天,李元昊已经密切注意到生母卫慕氏和舅舅阿保机的异常行为,他们本想招兵买马,打算趁李元昊不在宫中之际,串通各部企图谋反。不料,在榷场等候多时的李元昊携张

五、出　征

生杀回宫中,张生一剑结果了阿保机的命。

现在,黄河边上被捆绑的人都是李元昊的亲人,共十二人。

李元昊走过每个人的身前,他们都低下了头。只有李胜男抬起头,一口唾沫啐在了李元昊的脸上。

"我做鬼也不放过你!"

李胜男这双愤怒的眼睛,让李元昊想起了死去的父亲。李德明曾在病榻上要让李元昊发下重誓,保护妹妹平安。一瞬间他回想起小时候自己受伤,妹妹李胜男给他敷药的场景。往事历历在目,李元昊扭过头去,再也不敢望向李胜男。

造反者中已有不少人开始哭泣,哀求饶命。李胜男依然目如鹰隼,直视李元昊。

"来人。替李胜男松绑,软禁公主府。其余人等扔进黄河。"说完,李元昊直接策马远去。没有人注意到他的脸上流出一滴泪,在飞奔的马上迎着对面而来的烈风,这一滴泪洒向的是无人知晓的地方。

李元昊来到李德明的坟前,双齿因愤怒而来回厮磨,嘴角也渗出了一丝血,道:"父亲,我不杀他们,他们会杀我。"

六、三川口惊魂

1. 头战之势

"让我进去!"未见其人,先闻其声,范仲淹被阻挡在宫门外。

葛怀敏立刀横握,道:"范大人,圣上现在不想见你!您这样硬闯,让小的也为难啊。"

"麻烦葛侍卫再向圣上通报一声。"范仲淹毕恭毕敬地向葛怀敏鞠了一躬,"本官有非常重要的事,今日一定要见到圣上。"

"好,我再试一试。不过话先说好,你可不能再硬闯!"

范仲淹连忙点头称谢。

葛怀敏再次入殿,道:"圣上,范大人已在门外等候多时,他说见不到圣上就不走了。"

赵祯抿嘴,右手一挥,道:"这个范仲淹就是倔脾气!宣他进来吧。"

"圣上,请速速派兵攻打党项。"范仲淹道。

赵祯疑惑:"党项没有犯我大宋边境,为何要攻打?范爱卿,你

六、三川口惊魂

为何屡次要劝朕攻打一个小部落?"

"圣上,自从李元昊统领党项以来,他们已经夺取河西走廊,如今他们尚未壮大,将来党项一旦兵发大宋……"

赵祯摇了摇手道:"爱卿不必多言!据大臣所言,李元昊一直在创造党项文,改革内政。他们不敢与我大宋抗衡!"

"罪臣张生已辅佐李元昊,两人狼子野心,几年未有动静,势必在等时机成熟,一举南下!"

"禀告圣上,吕夷简求见。"葛怀敏适时地插话,打断了君臣两人的争论。

"圣上!"未等到宣召,吕夷简就直接闯入内殿,跪倒在赵祯面前,"圣上,李元昊称帝了!"

赵祯听到此消息,慢慢坐下,有些迟疑。

"现在该如何布兵?"赵祯询问许久未开口的范仲淹。

范仲淹点点头,道:"臣恳请圣上增加兵力防御边境。"

"为什么我宋军不能进攻党项呢?"吕夷简质问范仲淹。

范仲淹道:"如果两军交战,我方败了呢?"

"我宋军有百万兵力,党项人口仅五十万人,小小党项如何能胜我大宋?"吕夷简往地上用力敲了一下拐杖,"臣恳请圣上立刻发檄文,讨伐李元昊!"

赵祯道:"好!速速召集文武大臣!"

"禀告圣上,"葛怀敏从殿外赶来道,"李元昊已发兵攻打金明寨!"

"圣上,臣有一计,可保万无一失,"范仲淹见皇上并未阻止自己,便继续说道,"金明寨自古乃兵家要地,臣主张韩琦挂帅,率军死守金明寨。待时机成熟,向李元昊求和!"

赵祯勃然大怒道:"你当真以为朕不敢杀你吗?未战先怯,懦夫!"

"吕夷简听令,三日之内与百官商量出御敌良策,令石元孙将军率一万兵力前往延州。至于范仲淹,贬为庶人。"

兴庆府终于建成。李元昊坐在龙椅上,接受朝中大臣跪拜。张生则站在朝堂的中央处,一身宋衣,左手执扇,与西夏大臣的皮革衣格格不入。

李元昊宣布:"奉张生为西夏第一国师,自由出入军营。三军都听命于国师。"

"君上,将西夏军队都交给一个宋人,怕不妥吧?"一位西夏老臣劝诫道。

"是啊,君上,那张生妖言惑众,恳请君上收回成命!"几位大臣随即附和。

不等李元昊回答,张生转身面朝众人。他当着大臣的面,一件件脱去自己的衣服。只见张生枯槁的身体,没有完整的皮肤,手臂上是发黑的烙铁印,背部是如藤条般的皮鞭印,若退后几步,很难说这是人形,更像一具白骨。

张生道:"宋朝皇帝灭我全族,此仇不共戴天!"众人见此便不再言语。

"非也。"李元昊亲自替张生穿上衣服,向朝堂外的地方一指。

六、三川口惊魂

张生顺着手指方向看去,自家的小儿子正向他跑来。

原来,那个屠杀的夜晚,张生的小儿子被仆人藏于地窖,才幸免于难。李元昊初到大宋边境,就是为了寻觅他。

"天不亡我,我张氏一脉有后了!"

张生抱紧儿子,当众向李元昊起誓:"君上,请准我即刻奔赴金明寨,我要将宋军置于死地。"

"君上,真要和宋军交战吗?此战无论胜败都会消耗我方实力。"老臣们议论纷纷。

"此战决不会败!"张生信心满满道。

金明寨的前方由横山山脉阻隔,山势高耸,翻过山脉直趋延州城绝无可能。若是西夏军绕开横山,从承平、保安两地切入,又会碰到庆州环庆副都部署刘平、延州西北保安军石元孙,北面保安军又有宋将许怀德坐镇。李元昊如何强攻?别说夺下延州府,就是攻下金明寨也是痴人说梦,金明寨的四周又有塞门寨等十八连营环绕。自古延州就是军事要地,振武军节度使范雍骑马回看连绵不绝的大宋军队,又俯瞰前方数十里之外的西夏军。

"这李元昊集结了西夏多少兵马?"范雍问。

副将郭遵下马回答:"回将军,李元昊举国兵力,驻扎夏州。"

范雍说:"西夏所有兵马都聚集夏州?"

郭遵答道:"确实!共十万大军。"

众将士不由得发笑:"西夏举国兵力才十万人?我大宋乃百万大军!"

此时,小兵来报:"一延州平民说有要事来报,说非见将军不可。"

"哦?"

这一延州平民正是范仲淹,他从东京一路赶到延州。

"原来是庶民范希文!范大人这是你第几回被贬了?"范雍骑马在范仲淹面前好不威风。

范仲淹并未生气,而是单膝跪地说:"范将军,请听平民一言。将军千万不可与西夏军决战。李元昊部长途跋涉,粮草运输困难。只要拖上几月,西夏军便会自行退兵。"

范雍并未等其说完,就命令道:"来人,将此人给我拉出去砍了。"

郭遵等老将一听范雍要斩杀范仲淹,纷纷求情,道:"将军,将其逐出军营即可。待凯旋,再治罪不迟!"

范雍思量一下,这范仲淹与韩琦交好,之前又是皇帝身边的红人。万一真把他砍了,皇上怪罪下来会影响自己的仕途。于是,他下令将范仲淹逐出延州。

被捆绑的范仲淹仍大呼:"将军,切莫速战,切莫速战!"

"休破坏我军建功立业!"范雍拔出长剑大喊,"诸将听令,三千骑兵随我取下逆贼李元昊的脑袋!"

此时,擂鼓震天,呐喊阵阵。西夏军见宋军骑兵南下,李元昊也率军迎战。一时之间,这漫天的喊杀声不绝于耳。西夏军利用汗血马跑动速度快的特点,尽量躲避宋军的弓箭。可宋军毕竟人数众多,迅速将西夏军包围。这首仗打得难解难分。一旁观战的

六、三川口惊魂

李元昊有些紧张,西夏军兵力有限,耗不起与宋军同等的伤亡。

不多久,李元昊下令西夏军撤出战场,自己也差一点被流箭所伤。

见西夏军仅三五回合便狼狈逃窜,宋军气势恢宏,范雍大笑道:"都说李元昊用兵如神,看来也不过如此。"

郭遵说:"将军,要不要乘胜追击?"

范雍责怪道:"我大宋仁义之师,怎能追击穷寇?李元昊向来狡诈,恐有埋伏。待休整后再与之一决高下。"

郭遵道:"将军,还有一事。"

范雍道:"说来。"

"方才两军对战时,末将只看到逆贼李元昊,却不见罪臣张生。"

范雍不以为意,道:"此等苟且之人,怕是无脸再见宋军。不足为怪!"

张生确实并未来到战场。他由延州赶往榷场,尽管宋军和西夏军在交战,但不受官府控制的榷场的贸易仍在继续。临别之时,李元昊问:"先生为何在大战之日却要奔赴榷场?"

张生答道:"大宋文人众多,他们虽不懂用兵之道,但深谙经商之术。臣担心大宋会利用贸易手段钳制我们。"

果然,来到榷场,张生一路探访,证实了内心的担忧。宋朝百姓已经不再向西夏提供玉米、稻谷等粮食,更多交易丝绸、茶叶。无论出多高的价格,宋人都不卖粮食。

西夏本来农耕就不发达,两国开战,粮食更加紧缺了。张生通知部下停止西夏百姓与宋人的所有贸易往来。

"国师,如果这样做,西夏商人将怨声载道,他们都是从贸易中获利的。"

张生道:"国难当头,还管个人小利?将马匹全部充为军用!"

听到此令,西夏商人纷纷聚集到张生面前。若不是士兵保护,张生不一定能全身而退。

张生拿出李元昊手谕,道:"无论男女,在年龄范围内,均须服兵役!不从者,杀无赦!"

2. 阴谋

初战几日,西夏军的粮草已有断炊迹象。军中的骑兵每天只能吃上一顿饭和一碗菜粥,而步兵只能吃上一碗菜粥。有些士兵因寒冷而时常蜷缩身体,不要说拿兵器,就是站立也困难重重。

开战第三天,军中幕僚来报,因为西夏军难以忍受饥饿,军内已开始哄抢粮食。还有一些不怕死的士兵组队偷偷跑到宋军营地,企图偷粮分食。结果,被宋军发现后乱刀砍死,吊在城门外的高墙上。

十万人马对战三十万大军本来就难以想象,西夏全国也只有四五十万人口,十万的士兵数量已是极限。

李元昊注视远方茫茫宋军,不由得长叹:"宋军只用三成兵力,而我西夏已尽全力。这样下去可如何是好?速战速决竟也没有取

六、三川口惊魂

胜的把握!"

野利仁荣道:"君上,自开战以来,西夏军和宋军伤亡各半。宋三十万大军又能奈我何?我看这宋军也不过如此。君上,臣有御敌良器,可让西夏军以一当十!"

李元昊忙问:"快说,是何良器?"

野利仁荣道:"臣和铁匠师傅一起锻造了一种特殊的甲片。锻造之时不用炽热火焰,而是放置到极寒之地,经三日打造后,甲片无比坚韧。"

李元昊道:"妙,可这阴寒之物如何安置到士兵身上?"

野利仁荣道:"君上不必担忧。这冷锻甲披于战马,纵使宋军人数再多,又能奈它何?"

李元昊说:"可惜宋军后方源源不断补充粮食、兵源。我方若再无克敌之策,恐怕要打道回府了。可有国师消息?"

野利仁荣答道:"国师正从榷场赶来,估计几日内便可到达军营!"

"报!国师已到军中。"此时李元昊听到帐外士兵来报,不由喜出望外,顾不得穿上铠甲,直接出门迎候。

张生见李元昊出迎,好生感动,道:"君上,臣何德何能,让君上如此费心。"

李元昊拉住张生的衣服,吩咐野利仁荣去热一壶酒。他将近来的战事以及锻造甲片之事一并告知张生。

张生听完后,立刻下跪参拜,道:"恭喜君上,这一仗宋军必败无疑。"

李元昊有些吃惊道："国师为何如此确信？"

张生问："君上，两军交战，何为重要？"

李元昊思考片刻道："粮草！"

张生道："那我军已获胜大半。臣听闻野利将军锻造甲片之术，更确信我西夏军必胜！"

李元昊有些疑惑："可国师，我们的粮草不足三日。"

张生道："三日足矣！"

李元昊道："愿听国师良策！"

是夜，野利仁荣率五百轻骑赶赴承平。

"注意隐蔽！"伸手不见五指之夜，野利仁荣和士兵藏于槐树背后。只见那星星点点的火把逐渐逼近。听闻是辎辘声，野利仁荣一声令下，顷刻间护粮的宋军便被西夏骑兵杀得丢盔弃甲。令野利仁荣感到意外的是，不少宋军并未殊死搏斗，而是丢弃粮草，向远处逃窜。

见粮草得手，野利仁荣便停止追击。他命令道："快，将粮草运走，国师说宋军不久便会杀回来。"

果然，听到粮草被劫，节度使范雍派三千士兵追击西夏轻骑。野利仁荣拿出张生预先所画地图，率部从密道离开。

追击轻骑的三千宋军因为夜深，非但不能拦截野利仁荣，自身反而陷入迷雾般的树林之中。躲在暗处的张生令弓弩手张弓搭箭，宋军在明，西夏军在暗，宋军被那细密的箭雨射得无从躲匿。只有少部分宋军杀出一条血路，落荒而逃。

得胜而归的西夏轻骑受到全军鼓舞,李元昊在军营设宴。

李元昊道:"各位将领!这是我们第一次获胜,我李元昊愿和大家同甘共苦,大家每天吃什么,我也吃什么。在战场上,我就是一名冲锋的士兵!"

众将听闻此言,纷纷举起兵器道:"誓死追随君上!巍巍大地,西夏为王!巍巍大地,西夏为王!"

李元昊走到张生面前道:"国师,下一步如何走?"

张生道:"君上这些粮草也只能维持七天。臣以为要从根本上解决粮草问题,只有一条路——劫粮仓!"

"劫粮仓?国师,这宋军这次吃过亏后,必定重兵把守粮仓,我们如何攻占?"

"兵无常势,水无常形。"

3. 危机初显

宁边州的火山军府位于大宋与契丹的边境。这里出奇得安静,没有训练声,也没有呐喊声。几个偷懒的守卫正躲在帐篷内赌博,另一些士兵趴在地上睡觉。

"大,大,买大!"赌博声、呼噜声慢慢增大,不久传到主帅韩琦的耳朵里。

"呀呀个呸的,你们当这里是赌场?"韩琦捉住一个已经赌红眼的士兵,撩起衣袖就一阵暴揍,"你当老子吃素的?"

原先散漫的士兵见到韩琦,纷纷后退几步。被打的士兵一个劲儿地求饶道:"将军,这澶渊之盟签订后,我们无仗可打,整日无所事事,您说这还有什么精神头?"

"是啊,将军放过他吧,我们只是一时无聊。"众人纷纷求情,他们知道韩琦治军严明,再不相救,不消半炷香的时间,同伴就会被韩琦的拳头打死。

"报!有个姓范的求见,自称是将军的朋友!"一名士兵禀告。

韩琦放开那个赌博的士兵,说道:"算你走运,走,跟我去见范仲淹!"

韩琦来到主营终于见到了许久未见的范仲淹。也许是路途劳顿,此时的范仲淹疲惫不堪,对韩琦说的第一句话竟是:"有吃的吗?"

"来人,备好酒好菜!"韩琦将范仲淹扶到卧榻之上。

见酒菜放到桌前,范仲淹也不客气,直接饮酒吃肉。起初还用筷子,后来直接改为手抓。他的这副吃相,看得身边的几位将领都咽下了口水。

"我说小老弟,你这是怎么了?你不是待在汴梁吗?"

范仲淹将延州发生的事情告诉韩琦,并说:"将军,我这次从延州城骑死三匹马才来到你这,就是要告诉你,大宋与西夏的第二场战役主要靠你了。"

韩琦被酒呛了一口,道:"我说小老弟啊,大宋与西夏第一仗才打了几天,你就说要准备第二仗?"

范仲淹道:"宋军必败无疑。西夏军骁勇善战,他们的战马是祁连山汗血宝马一脉,我步兵不能取胜。李元昊善于用兵,现在还有张生辅助,焉有不胜之理?"

六、三川口惊魂

韩琦一时语塞:"你这些建议为何不禀告皇帝?"

范仲淹道:"圣上和我有隔阂,振武军节度使范雍又是一个好大喜功的人,范某有心无力!只能千里来此,望将军日夜训练士卒。西夏军不同于辽军,他们生长于沟壑之地,与猛虎作伴。将军要用奇门遁甲之术来防范西夏军的猛攻!"

韩琦道:"皇帝不辨忠良!可这奇门遁甲之术,还是小老弟你精通,不如你留下来替我训练!"

"好!"

韩琦捶了范仲淹一拳,笑道:"我说你现在怎么这么不客气?以前是想留也留不住你,现在我一说你就应?"

范仲淹道:"这次不同以往,如此战局,我大宋就岌岌可危了!"

韩琦知道范仲淹从不开玩笑,紧张地说:"那明日就整顿军营!"

范仲淹道:"择日不如撞日!"

延州城内,范雍大骂部将:"粮草乃兵家作战重中之重,你们被鼠辈李元昊劫了粮草?我大宋颜面何存?来人,将这些人拖出去砍了。"

范雍踢翻椅凳,在想损失十天的粮草该如何上报给朝廷。万一朝廷责怪下来,这头上的乌纱帽可就不保了。

战事已过去半月,大宋与西夏互有伤亡。范雍也有些着急,要是再不击破西夏军,定会被朝中大臣耻笑。即使李元昊再用兵如神,我堂堂三十万宋军不能被西夏乌合之众歼灭吧?范雍长吁短叹。

副将郭遵说:"将军,这玉峰寨内的粮仓是否要增加守卫?"

范雍道:"劫我粮道,难道还想截我粮仓?派李士彬带五千精兵日夜守护粮仓。若粮仓失守,李士彬提头来见!"

郭遵道:"将军,末将疑惑的是那日粮草被劫,我率部追击,可转瞬间,敌军竟不见踪影。"

范雍道:"你的意思是?"

郭遵道:"金明、玉峰、保定共有十八个寨,末将以为应将粮草分散放置到各个寨中。若一寨有失,至少其余各寨安然无恙。"

范雍道:"不可。此计虽妙,但容易分散兵力!我大宋五千精兵还守不住一个粮仓吗?"

郭遵又道:"将军,或者将粮仓分为两地!万一粮仓被截,三十万大军顷刻之间将无米下炊!"

范雍思忖片刻,这李元昊向来狡诈,万一粮仓被截,这是掉脑袋的事情。既然郭遵提出良策,万一被截,还可以怪罪到郭遵头上。

范雍道:"就按你说的办。"

4. 偷袭之术

晚上,玉峰寨门外的西夏军虎视眈眈,他们没有强攻,而是在军前绑了一个老妇。此妇人正是玉峰寨守将李士彬之母。

"人人都言李士彬忠厚善良,恪守孝道。我倒要看看他是要老母还是要粮仓!"张生和几名西夏副将放声大笑,试图引起宋军的

六、三川口惊魂

注意。

原来张生在从榷场返回庆州的途中,特意绕道太原府将李士彬之母绑回西夏。

此刻,寨楼之上的李士彬正看着自己的母亲。士兵们说:"李将军,不如我们直接杀下去,夺回令堂。"

张生见寨内未有动静,就用皮鞭抽打李母,那一阵阵哭喊声听得人心惊胆战。

李士彬叫下属拿箭来。他慢慢将箭头对准自己的母亲,双眼掩泪望着,说了一句:"娘,对不起了。"只听"嗖"的一声,利箭就直刺李母胸前。

张生和其他西夏将士被李士彬的举动震惊,看来大宋将领并不都是酒囊饭袋。

李士彬挥剑高呼:"逆贼张生,今天你休想夺粮!"

张生大手一挥,下令全军撤退。

李士彬见来敌已退,含泪微笑。不过他的手下士兵来报:"将军,玉山寨已失守!"

玉山寨不是别处,正是粮仓的另一聚集之地。其实,张生只率领几千骑兵摆出阵仗来钳制李士彬部,而李元昊则率一万大军突袭玉山寨。

"来人,将郭遵给我绑了,打入地牢!"得知消息的范雍气急败坏,要是没有郭遵的主意,那一半粮草就不会被劫。他连夜给朝廷写信,说明粮草被劫之事与自己无关,全是郭遵私下做主。可是写到一半,范雍又停下笔。郭遵受罚,也会牵连主将。

"报!"副将韩德禀告,"李元昊正率兵攻打金明寨!"

范雍惊呼:"不好!金明寨一旦被攻破,延州城就危在旦夕!速让李士彬率一万精兵死守金明寨。"

"报!将军,张生率部包围城下并传来一封信!"

范雍看完此信,不由哈哈大笑。

韩德问:"将军,何事发笑?"

范雍道:"张生是来求和的。他愿意退兵二十里外,只要已占领的玉山寨。小国之民,目光短浅!"

韩德提醒道:"会不会这又是张生使诈?请将军三思啊!"

范雍道:"断然不会,只要上城楼一看便知!"

其实,范雍不是没想过张生使诈,但军中一半粮草被夺,朝廷要是得知此事,定会兴师问罪。既然张生议和,不如自己遣散一半兵力,以此省下一半粮草。若再有战事,重新征召便是。

范雍登上城楼,张生果然率兵退到二十里外的荒郊搭起军帐,天空中飘荡缕缕炊烟。

韩德提议:"将军,不如趁西夏军兵马未稳,派五千精兵直捣黄龙!"

范雍一口拒绝:"不可,此非仁义之战!"

离延州城二十里之外的城郊,张生正指挥众将撤离,只留下一些炊具。

张生说:"范雍好大喜功,竟将谋士郭遵关入大牢,又遣散了一

六、三川口惊魂

半兵力,天助西夏!"

李元昊道:"先生料事如神!我军现在可直取延州府!"

张生说:"君上莫急。臣打算将承平、万安、甘泉一并收入囊中。"

李元昊道:"一切依先生行事!"

火山军府夜晚灯火通明,范仲淹依然在等待战报。得知西夏有意与振武军节度使议和,范仲淹不禁叹气:"三十万宋军竟会败于十万西夏军!"

韩琦道:"小老弟,不是议和吗?宋军未败啊!"

范仲淹道:"张生熟知范雍为人,此乃假和!不出半炷香的时间,张生定将取得金明寨以外的三十六寨!"

韩琦忙问:"这可如何是好?延州城要是被夺,对局势非常不利啊!"

范仲淹道:"恐怕不只是延州被夺,其余要塞都会失守!"

"呀呀个呸的,老子就不信大宋会如此不济!"

果不其然,不到半炷香的工夫,延州府就传来玉峰等三十六寨被夺的消息。

韩琦说:"小老弟,不如我请示圣上,带兵到延州解围!"

范仲淹道:"此去延州,日夜不息,也要五日。为今之计,只有将军情如实汇报给圣上!"

韩琦愤愤道:"实情?范雍这小子,竟敢欺瞒圣上!看我不参他一本!"

范仲淹走出帐外,夜观星象。

5. 声东击西

范雍得知延州周围三十六寨被夺后,带兵出城偷袭张生统辖的西夏军。可是刚到二十里外的西夏军驻扎地就发现军帐内无一兵一卒,只有一些正燃烧的炊具。范雍这才彻底意识到被骗,连忙返回延州府内。

看来,张生的确有指挥才能。范雍接连调兵,他令环庆副都部署刘平、延州西北保安军石元孙及黄德和三部于保安会合,四方合力夺回三十六寨。

范雍亲自挂帅,刘、石二人为先锋,黄德和镇守本营,李士彬守金明寨。可几天里,一路未见西夏军拦截。很快宋军到达三十六寨,城墙上并无旌旗,也无任何守军。

石元孙道:"末将愿意带五百精兵入寨!"

范雍道:"将军不可轻举妄动,张生诡计多端,夺下来的寨子焉能有不守之理!诸将随我埋伏,韩德带五百骑兵入城。"

令人意外的是,这次张生并未摆迷魂汤,三十六寨大门洞开。连范雍都开始迷惑,这张生葫芦里到底卖的是什么药!

范雍骑马到玉峰寨,寨门上刻着四个字:"蠢将范雍!"

"来人,把那块匾给我取下来!"范雍气急败坏,"宁可弃城,也要耍嘴皮子,文人之愚!"

"大人救命!"远处有一偏将骑马而来,身上沾满血迹,面孔乌

六、三川口惊魂

黑,右臂也被箭射伤了,"范帅,我乃李士彬部偏将季次,李元昊部猛攻金明寨,我军殊死抵抗。请主帅速去救援,金明寨危在旦夕!"

金明寨囤积大量粮草,范雍想到,若金明寨失守,延州城将会成为一座孤城,周围无险可守。

范雍下令:"诸将听令,全力赶赴金明寨!失金明寨,延州失矣!"

范雍率部来到金明寨下,这里安静得出奇,看上去没有恶战的痕迹。

"不好!"范雍大叫,"金明寨已经失守,石元孙从左路带三千精兵,刘平从右路带两千精兵,其余步兵随我从中路攻寨。"

而在另一边,守卫士兵连忙报告李士彬有人攻寨。

李士彬想起被辱的母亲,集合众将,道:"听令!李元昊已兵临城下,我们唯有殊死一搏!所有弓弩手都去城上,其余人等随我迎敌!"

守卫士兵道:"报!攻寨的军队穿我宋军服饰!"

李士彬道:"这定是张生使的障眼诡计!之前,主帅叫我小心防备西夏军偷袭,看来所言非虚。令弓箭手放箭!"

石元孙拾起一支箭,道:"主帅,城上放的箭为何是我宋军的?"范雍仔细拿来一看,箭托上的确印有"宋"字样。右路副将刘平立马说道:"主帅,我们中计了。一定是张生诱使我来此。末将从未见过季次。"

在范雍身旁的季次见形迹败露,欲往西北方向逃去。刘平挡在他身前,只三五来回,季次就成了刀下鬼。

"张生现在又在何处?"范雍叹了一口气,撤出金明寨。

"报!"一小卒倒地不起,来报,"主帅,我乃延州城马前卒,黄德和将军已被西夏军围困,望主帅速速返回救援!"

范雍和众位将领陷入僵局,不知到底该救还是不救。

石元孙劝阻道:"主帅,这定是张生的奸计,想让我军自相残杀,他好坐收渔翁之利!"

刘平道:"荒谬,张生之计不可能连用两次! 主帅,再不迅速返回延州,延州就保不住了!"

范雍下令:"刘平将军带领骑兵为先锋开路,其余人等与我殿后,以防逆贼从后杀出!"

此刻,张生正率部攻打延州城,宋军明显已难以支撑。

李元昊道:"国师,不到一炷香的时间,延州将会插上西夏旌旗!"

张生道:"臣恭喜君上。"

西夏副将来报:"君上,宋朝援军正朝我们赶来!"

张生颇感意外,问:"范雍何时变得如此聪明? 我设置的伏击呢?"

西夏副将道:"赶来的不是范雍,而是刘平,伏击已被他突破!"

李元昊拿起大刀,问:"国师,我们还继续攻城否?"

"两面受敌,对我们不利啊。"张生抡起蒲扇,"君上放心,这延州城我们迟早拿下。臣已让野利将军带一千步兵再偷袭金明寨,估计等范雍到了延州城,金明寨差不多就被我们拿下了!"

六、三川口惊魂

"妙!"李元昊大笑道,"有国师在,西夏何愁不兴?"

趁刘平尚未赶来,李元昊率兵返回了西夏军营。

范雍率部抵达延州府,见城中还插着大宋旌旗,终于放下心。

刘平开城迎接。

"怎么不见黄将军?"范雍问。

刘平一阵支吾:"主帅,黄将军见援军迟迟不到,自己保安军损失惨重,直接回保安了。"

"混账!"范雍不悦,"目无军法,黄德和就不怕军法处置吗?"

刘平道:"主帅,末将认为延州之事应尽快禀告朝廷,张生善于用兵,我宋军已损兵折将!"

范雍道:"刘将军、石将军放心,朝廷的援军已在路上,粮草也随之而来!"

说完,范雍的额头上冒出冷汗。损兵五万,粮草丧失一半,这罪责该如何承担?

副将韩德拖着伤腿,在远处喊道:"主帅,不好了,野利仁荣偷袭金明寨!李士彬将军殊死抗击,恐怕金明寨守不住了。"

范雍闻听此言,站立未稳,顿觉眼前发黑。

范雍道:"刘将军,现在该如何是好?"

刘平道:"将军莫慌。如今只能和西夏军决一死战了!"

范雍问:"刘将军有何良策?"

"我们兵分三路救援金明寨,以张生的性格必然沿途设下重兵伏击。我们与之交战,黄将军再从后方包抄,将伏击的西夏军包围。李元昊见势必定会打开金明寨,派兵援助,趁此机会主帅再带一路人马攻寨!"

范雍点点头,道:"此计甚妙!这延州城只能看造化了!刘将军认为张生会在何处埋伏?"

刘平坦言:"三川口!"

6. 兵败如山

刘平率前锋向三川口推进,出乎意料的是张生并未伏击,而是带领一万骑兵隔着一条小河正对着刘平、石元孙的宋军。

张生道:"刘平,此战必败,你还是归顺西夏吧!"

刘平喝斥道:"逆贼,我宋军十万之师,你如何抵御?"

张生道:"黄德和的援军不会到了,范雍毫无军事才能,即使百万大军又如何呢?"

张生说罢,两路西夏军将刘平、石元孙部包围,但刘平并不慌乱,号令部属排开偃月阵。尽管西夏铁骑长驱直入,但偃月阵左右两翼迅速从身后将其包围。西夏骑兵勇猛无敌,可速度过快来不及反应,宋军拿长矛直刺马蹄。

张生大惊,披冷锻甲的西夏战马素来战无不胜,竟然十分轻易地被刘平破解。可是西夏军毕竟人数众多,宋军构不成合围的力量。很快,西夏军突破了宋军中路的防御。

石元孙喊道:"不好!李元昊已率部攻打延州城,主帅无法前来相助,黄德和部不知所踪!"

张生大喝:"刘平小儿,速速投降!"

六、三川口惊魂

刘平不为所动,率兵布平行阵,宋军如铜墙铁壁横亘在侧。

虽然双方士兵数量不对等,但是刘平的布阵丝毫不落下风。

刘平高呼:"众将士听令!延州城的乡亲父老已经获救,李元昊回庆州自救。现在,就让我们战死沙场!巍巍大宋,势不可挡!"

张生这才领悟到,刘平早已看穿自己的计谋,派人直取西夏都府,好一个声东击西。果然,探子来报,麟州都教练使折继闵、柔远砦主张岊、代州钤辖王仲宝率兵攻入西夏境内。张生大叹:"延州一役,竟败给刘平!"

尽管刘平不断摆阵法,但实力的巨大差距导致宋军越战越少。石元孙身中三箭依然挥刀杀敌,最后,跪倒在地上。

战事异常惨烈,过了午时,宋军只剩下十余人,而西夏军也锐减到千余人。

刘平发现身边士兵越来越少,对天空大笑三声:"希文师,吾尽矣!"

张生意识到,能将西夏军拖到现在的,不是刘平,而是刘平的老师范仲淹。原来范仲淹早年曾在同州教过刘平数月兵法,这次作战中也有书信往来。

见刘平企图自刎,张生下令:"给我捉活的!"

由于刘平的成功阻击,只剩千余人的西夏军不能再对延州府形成威胁。张生执意要带兵进攻延州,此时天空飘起了大雪。

副将劝道:"国师,前路被大雪覆盖,士兵们受不了严寒,请国师班师回朝吧!"

雪花越来越大,很快西夏军无法分辨方向。不多久,积雪竟有数尺高。

张生不得不下令:"班师回朝!"

副将问:"国师,这仗还会继续打下去吗?"

张生道:"好戏才刚刚开始!"

七、前路茫茫

1. 三川口之责

深秋的文德殿夜晚格外清冷,赵祯紧急召见平章事吕夷简、兵部尚书欧阳修等重臣。

赵祯质问:"这延州府的奏报为何迟迟不上,大宋与西夏的第一仗到底战况如何?"

见大臣们无人回应,吕夷简说:"圣上,这延州到汴梁路途遥远,恐消息延误。"

赵祯拿出一张奏折,亲自念道:"这是黄德和的奏章,'两军交战,势均力敌,然刘平、石元孙错误指挥导致战机延误,振武军节度使范雍虽力战但已无力回天。三十万大军几乎全军覆没,臣德和蒙圣上所托,力保延州府不失'。"

大臣们听完后大惊,大宋三十万大军竟然全军覆没?大宋竟败给一个刚刚建立起来的小国?

赵祯道:"宣黄德和觐见!"

第五卷 三川喋血

尽管战败,但此刻黄德和并不害怕。因为刘平、石元孙已经被绞杀,范雍畏罪自尽,他可以推脱责任:"圣上,臣有罪,未能战胜西夏。"

赵祯道:"黄将军请起,若不是你,我大宋早已失去延州府。"

欧阳修道:"圣上,这三川口一战,臣尚有疑惑。刘平、石元孙是我大宋猛将,刘平将军素有'诸葛'之称,何故战败?"

"刘平、石元孙傲慢无礼,向来骄兵必败!"黄德和道,"欧阳大人,你是兵部尚书,怎么一点兵法都不知晓?"

"黄德和!你!"欧阳修一时语塞。

赵祯笑道:"黄将军,朕要好好赏你!"

"谢圣上!"

赵祯脸色一变,露出凶相:"黄德和接旨!范雍昏庸无能,多次战败不报。三川口一役,黄德和部竟独自离去,未按计划救援。刘平、石元孙二将力战不逮,三川口全军覆没!来人,把这欺君的罪臣拉出去腰斩,头颅放到延州城池上,告慰死去的将士们!"

"圣上饶命!圣上饶命!"黄德和趴在地上,"圣上……"

赵祯斥责道:"朕能饶你!但那死去的将士亡灵能饶你吗?大宋的子民能饶你吗?来人,拖下去,斩了!"

大臣们对赵祯突如其来的转变感到吃惊,这欺君之罪非同儿戏。要不是赵祯已有耳闻,派殿中侍御史文彦博调查黄德和部,恐怕还会被蒙在鼓里。

可这延州府惨败,西夏军是用什么方法打败三倍于己的宋军的?主帅已死,副将已亡,这一切的细节都无法考证了。

七、前路茫茫

吕夷简奏道:"圣上,这三川口之战,虽然我宋军损失惨重,但是好歹延州府保住了。臣担忧西夏军会再犯我宋境!"

赵祯问道:"吕爱卿有何良策?"

吕夷简道:"臣推荐召回庶民范仲淹,共商抗击西夏大计。"

文德殿内议论纷纷:"这范仲淹已经被贬三回,又不断重用。这一升一降,常人恐怕早已拒绝出仕,隐居山林。"

赵祯这才想起,开战之前,范仲淹屡次奏称上书两军作战宋军必败,不如趁早议和。为了这事,赵祯将他贬为庶民。现在,战况果如其所言。

"这范仲淹现在身在何处?"赵祯问。

欧阳修见无人回应,便说:"禀告圣上,范仲淹已在火州军韩琦麾下!"

赵祯问道:"他去那里干吗?宋辽不早已议和了?"

欧阳修道:"回圣上,那范仲淹说……"

见欧阳修一阵支吾,赵祯道:"但说无妨,朕不怪你。"

"范仲淹说,这大宋与西夏的第一仗必败无疑,圣上迟早会让他统兵御敌。他要早作准备,打赢第二仗!"欧阳修说完,长舒一口气。

大臣们面面相觑,既佩服范仲淹的预测,也为其大胆而感到可笑。

赵祯道:"好!朕倒要看看,这范仲淹有何能耐,竟敢口出狂言!传朕旨意,宣他回朝中!"

是日，吕府竟然挂起了灯笼。自从夫人和儿子相继离去，吕府就始终寂静无声。吕夷简要管家多炒几个菜，喝酒庆祝。

管家有些奇怪，问："老爷，何事如此高兴？"

吕夷简有些微醺，道："范仲淹终于回来了。"

管家一听，不禁疑惑："老爷，奴才有一事不明。为何老爷要极力促成范仲淹回朝？老爷不恨范仲淹吗？"

"我不仅要他贬官，还要让他死！把他五马分尸！"吕夷简说完，给他对面的两个空酒杯倒酒，喃喃自语道，"夫人、赟儿，你们放心，我会替你们报仇！范仲淹，这次他决计会身败名裂的！"

2. "莲"香惜玉

当夜，吕夷简秘密进宫，说有十万火急的军情要面见圣上。其实，自从范仲淹被贬为庶民后，朝中的事务大部分都由吕夷简处理。赵祯虽然不喜欢这只老狐狸，但对其政绩颇为认同。

吕夷简并不绕弯，而是直截了当地问："圣上会给范仲淹安排何种官职？"

赵祯深知吕夷简和范仲淹的隔阂，怪就怪在白天吕夷简极力推荐范仲淹出仕。"朕命范仲淹为陕西经略安抚使！"赵祯如实说。

吕夷简连忙阻止："圣上有没有想过，范仲淹素来以险招取胜，但是十万大军都交付于他，圣上真能放心吗？"

赵祯起身在殿内来回走动，道："范仲淹的确有谋略！"

"圣上，行军作战，不同于处理政务。即使范仲淹智谋十倍胜于李元昊、张生，但范仲淹生性耿直，能在军营中有绝对威信？"吕

七、前路茫茫

夷简说,"圣上,范仲淹曾单骑救主,但掌握重兵的他,还能……"

话到重要之处,吕夷简反而低头不语。恰恰这不语,倒提醒了赵祯很多。

"依吕大人的意思,这次对西夏的战事应该选何人为帅?"

吕夷简道:"夏竦可担此重任。子乔知洪州时曾取缔洪州巫师,勒令其改归农业;一身公义,守父三年,拒使契丹,素有威望。"

赵祯问:"可夏竦并非武将,能担此任?"

吕夷简道:"圣上,夏竦善于调和之术。三川口失败,无人奏报朝廷,故黄德和之流见而不救。如今,夏竦执掌大权如同圣上亲临前线,请圣上尽早决议!"

赵祯情不自禁地点头,吕夷简句句在理。延州险些失守,就在于"将在外,君命有所不受"。有了忠君的夏竦,再加上韩琦、范仲淹,何愁不胜西夏。

翌日,赵祯在文德殿上下旨封夏竦为陕西经略安抚使,韩琦、范仲淹为副使,共同负责迎战西夏的事务,韩琦主持泾原路,范仲淹负责鄜延路。早朝过后,范仲淹请求与赵祯密谈,曾经互为知己的君臣再次相见。

赵祯有点言不由衷地说道:"范爱卿对延州的局势分析,朕深感佩服。这次西夏来犯,正是范大人建功立业之时。"

范仲淹不以为意,更担忧的是赵祯对战事的态度,道:"圣上,这次交战,北方契丹正虎视眈眈,大宋境内今年秋收不利。如能议和,圣上允还是不允?"

第五卷 三川喋血

赵祯不悦道:"这仗还未打,范大人为何想议和? 难道对我大宋将士没有信心吗?"

范仲淹坚持道:"圣上,若宋军再败,是战还是和?"

赵祯怒斥道:"未战先怯,这是你范仲淹的行事?"

眼见赵祯拂袖而去,范仲淹道:"圣上,臣还有一言。此去陕西路途遥远,圣上切不可被小人左右。臣死不足惜,但大宋命运全凭此役!"

"朕自有分寸,范大人早些歇息!"赵祯冷漠地答道,继而走出文德殿。

回到范府,范仲淹一个劲儿地喝闷酒,小莲在旁侍酒抚琴。

小莲问道:"老爷,你受到皇帝重用为何还要借酒消愁?"

范仲淹道:"得不到圣上信任,这封官有何意义?"

"老爷,既然不喜欢做官,不如与小莲做一对寻常夫妻!"小莲为范仲淹沏了一壶醒酒茶,"老爷,以后你独钓寒江,我织布缝衣可好?"

范仲淹道:"待剿灭西夏,我也是时候告老还乡了。"

"那我们说定了!"小莲听后高兴极了,连忙给范仲淹整理换洗衣服。

每次看到小莲,范仲淹会不由微笑,可是这次真能剿灭西夏吗?

"老爷,你这次是去哪儿? 还需要小莲准备什么?"

"我这次去鄜延路!"话一出口,范仲淹就后悔了,这将帅驻地向来隐秘,连范仲淹都不敢相信自己会脱口而出。见小莲并未有

七、前路茫茫

所反应,范仲淹补充道:"这些粗活我来便是。"

小莲夺回他的衣鞋,说:"您是堂堂宋朝大将,粗活还是让小莲来!"

"那小莲可否为大将军生个小将军?"范仲淹抱起小莲道。

小莲一听,脸渐渐绯红。不知怎么,似乎再痛苦的事,范仲淹只要见到她,一切都像雨后初霁,没了忧愁,没了烦恼。即使明天奔赴生死战场,见到小莲,他依旧那么快乐。

可若仔细看去,小莲那惹人怜爱的眼睛里慢慢流下两行清泪。

康定二年(1041),范仲淹率部驻守鄜延路,也就是原先的延州府。这里经过三川口之战后,已不见城落应有的繁华,没有商铺,街市没有行走的百姓。雨雪覆盖着土地,范仲淹走在雪地上,与通判耿傅体察民情。

范仲淹道:"此地不宜再起战火,需要重建延州府!"

耿傅道:"老百姓都躲在屋里,宁可饿死,也不愿出来。要是再和西夏打仗,恐怕这延州府要成一座空城了。"

前方有一老妇正沿街乞讨,衣不蔽体,拄着拐杖,手拿破碗。可是,没有人家为她开门。范仲淹于心不忍,派部下给了老妇一些馒头,老妇也不客气,拿起馒头就往嘴里塞。

范仲淹问:"老人家,家里还有什么人?"

老妇放下馒头,眼神迷离无光,嗫嚅道:"死了,死了,全死了。"顿时,老妇号啕大哭。风渐渐变烈,老妇身上散发出腐烂的味道。

她突然意识到眼前的人是穿军服的。正当范仲淹要给她银两的时候,她向他吐了口水。

她拽住范仲淹喊道:"还我丈夫,还我儿子,还我女儿。"

副将们保护范仲淹,想赶走她。老妇看到明晃晃的刀,突然安静了。但不一会儿,她像得了疯病,向远处逃窜,边逃边喊:"不要杀我!"

范仲淹长叹:"开元时延州户一万六千三百四十五,乡六十,而今安在?"

耿傅提醒:"副使,圣上是望你能带兵打仗。可若不攻……"

范仲淹道:"尔等无须多言,本官自有安排!"

"小老弟,可算找到你了!"韩琦脱下战袍,一拳击打在范仲淹的肩上。

范仲淹大惊道:"韩将军,你来延州府作甚?万一李元昊此时偷袭泾、原二州,你如何返回?"

韩琦并不在意,道:"到时候借你的兵,再杀回去!"

"如果张生再带兵打回延州府,你我两地皆失守!"

韩琦如梦初醒,道:"哎呀!小老弟,我来是想问你,我们下一步如何攻打西夏?"

范仲淹道:"韩将军,听范某一言,这次我延州一路不准备主动进攻西夏。"

"什么?"韩琦大惊,"圣上派十万大军给我们,你却不进攻?"

范仲淹道:"眼下士气低迷,民不聊生,攻则必败!"

"打了胜仗,士气就高涨了!"韩琦争辩道。

七、前路茫茫

"一旦攻出去,若又像三川口一战断了粮道,那十万大军又将全军覆没!"

韩琦叫道:"老子打仗什么时候输过?你五万大军守在延州府,无仗可打,不也是劳民伤财吗?"

"若不攻,可招纳怀柔各族,或可协力抵御李元昊!"范仲淹语气坚定,"范某此意已决,韩将军请尽早回驻地!"

"范仲淹,老子要到圣上面前参你一本!"

两人争吵之际,城外已响起了战鼓声,原来张生已率军围攻延州府。

耿傅道:"范副使,逆贼张生下了战书,约你明日午时决战!"

"呀呀个呸的,上门找死!"韩琦一脸兴奋道,"别明日午时,今日老子就杀他个片甲不留!"

范仲淹并不理会,反而告诉耿傅加固城墙,没有他的命令,谁也不能出城门迎敌。

登上城楼,只见西夏军竟挥动印有"宋亡"的旌旗。韩琦拔剑而起,耿傅等将士也纷纷拔剑。

范仲淹劝诫道:"韩将军,李元昊善于偷袭,这定是西夏军的诱敌之策。"

韩琦道:"今天,这张生的狗头我取定了,拦我者死!"

范仲淹下令:"来人,把韩琦将军给我绑回去,这里我是主将!"

韩琦喊道:"谁敢捆我?"士兵们惧其威严,不敢动手。

谁料范仲淹竟动起手来,众人尚未反应过来,他已将韩琦捆紧。

"韩将军,得罪了!"范仲淹下令,"来人,护送韩将军离开!"

"范仲淹你听着,你打不打西夏我管不着,但是我那一路定杀它个片甲不留!"

范仲淹拱手作揖,道:"韩将军,若有需要,范某定全力相助!"

"不必!"韩琦策马而去。

耿傅担心道:"范副使,韩将军日后会不会与你产生嫌隙?"

范仲淹道:"韩将军日后会明白我的良苦用心。"

西夏军见延州府城门紧闭,讨不了什么便宜,便散去了。

李元昊道:"看来范仲淹是有备而来,如此羞辱,仍不开城决战。"

张生道:"臣恭喜君上!"

李元昊感到不解,问:"喜从何来?"

张生道:"范仲淹坚守不出,我西夏军虽不能强攻,但范仲淹大军也无法出城。我等能安心进攻韩琦老贼一路。"

3. 皇帝也犯难

春寒料峭,浮云中间透露出五彩霞光,可太阳若隐若现,光芒中没有一丝温暖。赵祯长久地注视两份奏章,一份是范仲淹加急送来的"勒兵清野"之请,一份是韩琦《乞坚守攻策勿以异议阻兵奏》的血书。两份奏折观点截然相反,范仲淹主守,韩琦主攻。主帅夏竦不敢轻易定夺,故请赵祯定夺。是攻是守,朝廷之上也分成两派。主守派认为,三川口之战后,宋兵已无精兵再去攻打西夏,

七、前路茫茫

严寒之际,粮草不生,应待时机成熟再讨伐李元昊。主攻派认为,严寒之际,西夏军心未稳,此时出其不意,定能取胜。

文德殿上,不少老臣皆因长久站立,瑟瑟发抖,纷纷披上皮革,坐在木椅上。可几个时辰过去了,战还是守,仍没有定论。

欧阳修奏道:"圣上,战场不容半点迟疑,请圣上早做决断,以免延误战机!"

鲜有言语的吕夷简此时跳出来干涉,道:"尚书莫急,此战应慎重,守有守的策略,攻有攻的战法!一步错,步步错!"

欧阳修反驳道:"吕大人从未沙场点兵,战事瞬息万变。也许此刻,手起刀落间,又一宋军将士命丧敌手!"

吕夷简眼神发光,如同一道闪电,道:"欧阳尚书此言似乎对我大宋毫无信心,为何不是西夏军被我宋军诛杀?"

"够了。"赵祯走到两位重臣面前。西夏已经步步紧逼,可朝堂之上,大臣们还在逞一时口舌之快。赵祯搁着脑袋,问龙图阁学士宋祁有无良策。

其实,宋祁也犯难。范仲淹和韩琦都是他的挚交,原本强者联手西夏指日可破,未料在对西夏的军事策略上,二人竟产生了分歧。

战也不是,守也不是,赵祯心里有些烦恼。他屏退文武大臣,独自来到南花园。要是刘太后在世,也许这点问题就能迅速决断吧。尽管已亲政六年,除了每年减免赋税外,赵祯自感也无德政。他希望能够为大宋开疆拓土,但又担心祖辈的基业能否传承。

想起太祖、太宗昔日开疆拓土,结束五代纷争,自己的父亲真宗早早开创咸平之治,而到了自己,拥有十余位文臣名士却连一个小小的党项都无法征服,竟然还让它立国,天下百姓是否都会笑话自己还不如刘太后?

突然,赵祯胸口一阵疼痛。他佝着身子坐到凉亭上,屏退左右后,竟吐出一大口鲜血。要不是勉强扶住围栏,赵祯早已跌入小潭。见葛怀敏正往此处赶来,赵祯连忙遮住胸口,擦干血迹。

"圣上,文武大臣还等着您做决定呢!"葛怀敏见赵祯有异样,"圣上,您没事吧?"

赵祯摇头,强忍精神,道:"传旨下去,韩琦即刻发兵,拿李元昊首级来见。范仲淹配合进攻,若延误战机,军法处置!"

见葛怀敏离去,赵祯又吐了一口鲜血。

自继位以来,赵祯夙夜忧叹,常常日夜批阅奏章,整理国务,勤政图治,唯恐宋朝不兴。

赵祯拖着疲惫的身体走向文德殿,欧阳修已在殿内等候多时。他见到赵祯缓缓走来,连忙跪下请安说范仲淹走之前,留下一只黄色锦囊,若举棋不定时,可打开一看。

赵祯并未理会,径直坐到龙椅上。他示意欧阳修打开锦囊,然后,闭上眼睛像是睡着了似的。待其拆开,赵祯问:"是不是写了一个'等'字?"

欧阳修颇感惊讶,道:"圣上料事如神,锦囊里的确是'等'字。"

"告诉他,朕等不了!"

过了一会儿赵祯又补充道:"让范仲淹想好万一韩琦战败后的

对策！"

可等不了的不只赵祯，还有李元昊、张生率领的十万西夏大军。

4. 赶赴"鸿门宴"

正当赵祯与诸臣为战或守举棋不定时，李元昊、张生各自率部进攻韩琦、范仲淹的驻地。由于范仲淹始终奉行拒不出战、修筑城墙的策略，使百姓有了休养生息的时机。他将之前起草的变法新政灵活运用在延州，延州府内竟出现了热闹的贸易景象。

城墙外，西夏军仍然继续攻城。可是一轮又一轮的进攻都被守军的弓弩阻挡。只要不贴身肉搏，西夏铁骑将毫无用处。

耿傅前来告知朝廷旨意，范仲淹接过圣旨，久久呆立在城墙之上。墙内百姓安定，墙外弓角连鸣。其实从军事角度看，西夏一直兵临城下，粮草供应不及，数月后，李元昊会自行退兵。

耿傅道："范副使，圣上让你出兵与西夏速战！这可如何是好？"

"李元昊在城下数月无果，再熬上数月待西夏军疲惫，我军再突袭，定能取胜！"范仲淹答道。

"可是这圣旨……"

"圣上只令攻西夏，并没有言明何时进攻。"范仲淹笑道，"这延州府军何时伐西夏，本官可自行决断。此役孰胜孰败并不全在本官，张生让李元昊钳制住我，自己与韩琦将军苦战。若韩将军败，泾、原二州危矣。"

耿傅道:"那应尽早告知韩将军!"

"韩将军立功心切,身边缺少谋士,不知本官推荐的侍郎王珪能否担此重任。"范仲淹神色凝重,"本官只有一事不明,张生是如何提前知晓宋军两路的分布? 我都无暇出城查看,就已被围困延州府。"

耿傅道:"副使的意思是军中有细作?"

"此事要暗中盘查,不可轻举妄动,以免军心不稳。"范仲淹说,"本官一定要把他揪出来!"

范仲淹伫立在城墙上,感到远处有一张无形的大网正慢慢逼近他。军中内鬼,韩琦鲁莽,张生狡诈,元昊雄才,圣上多疑,这些不利因素全部压在他身上,如何才能想出这破敌之道?

范仲淹道:"耿傅,下一张请帖,就说我范仲淹在长安岭宴请李元昊! 我与他不带护卫,皆独自前往!"

耿傅大惊,道:"副使,此举有违两军作战不见主帅之规! 李元昊不见得会赴宴,请副使三思!"

范仲淹道:"李元昊素有雄才,即使这是鸿门宴,他也会奔赴!"

三日后,长安岭,李元昊手持烈酒准时赴宴。

范仲淹道:"元昊兄,范某等候多时。"

身穿战甲的李元昊并不见外,像是回到了自家兄弟住处,竟自顾自地吃起来,道:"希文,你这牛羊肉不及我西夏地道。我西夏羊肉用羯羊烹制,加花椒、小茴香、八角、桂皮等调料,炖煮之时,手提羊骨一抖而骨肉分离时即成。大宋羊肉味浓,不甚好吃!"

七、前路茫茫

范仲淹为李元昊倒了一杯酒,笑道:"既然李兄爱吃西夏的羊肉,又为何垂涎我大宋的羊肉?"

李元昊道:"大宋羊肉虽不及夏,但饮食做法极多,就单说馒头,便有四色馒头、水晶包子等百余种样式,煎、炒、烧、烤、炖、蒸、煮、涮等手法,元昊怎能不垂涎三尺!"

范仲淹放下碗筷,道:"敢问李兄,城门外的大军,还能有多少吃粮?"

李元昊心头一紧,道:"半月有余!"

范仲淹大笑道:"党项素来民风淳朴,怎么倒学会了欺诈之术?"

"侬你看,我有多少粮草?"李元昊问。

"不足三天!"范仲淹伸出三根手指,"我只要守上三日,尔等无粮可夺,变为疲惫之师,我再出城迎战!"

李元昊故作镇定,但内心大骇。此次攻宋已举全国之粮,若三天之内无粮草可夺,西夏将只能退兵。那时范仲淹再反扑,不仅灭宋无望,西夏自身将处于灭亡之境。

李元昊笑道:"希文请我来,不只是为了请我品尝大宋美食吧?"

"西夏士兵吃不饱饭,大宋士兵不想饭碗被抢。莫不如像你我一般,李兄带酒肉,我提供山珍海味!"

李元昊低声说道:"你是想求和?"

"不是我,是我们!"范仲淹说,"即使西夏赢了这场战役又如何?张生的目的难道只是为了国师之位吗?想当初他是刘太后的谋士,形同国师,难道大宋不如西夏?"

李元昊似笑非笑,问:"即使我肯撤兵议和,大宋皇帝肯吗?"

"如果李兄真愿撤兵,范某定为百姓考虑说服皇帝接受和议。"范仲淹双手握拳道。

李元昊举起酒杯,道:"几年前你曾孤身来到西夏勘查地貌,现在又敢与我对饮,为天下百姓着想与我和谈。我李元昊敬重你是条汉子,大宋皇帝若不重用你,可到我麾下!"

"若能和谈,自当与李兄对饮三百杯。若和谈不成,战场相见,范某必当取你首级!"言毕,两人举起酒瓶,干下烈酒。

不过趁杯酒交错之际,范仲淹令耿傅带领一小股士兵化装成难民,奔赴韩琦的泾原一路。

5. 横生意外

韩琦虽然性格鲁莽,但是粗中有细。他在谋略上略逊于范仲淹,可是他的作战经验谁都无法匹敌。既然范仲淹说此战要守,那他也不敢贸然进攻,只是慢慢将兵力从镇戎军转为驻守怀远城,待西夏军从天都寨南下,立刻包抄其后。只是在选将时出现了一点麻烦。

韩琦原意是让耿傅率部包抄,可诸将认为,让范仲淹的部下立主功不妥。

"将军,我泾原路人才济济,难道找不出一个断后的副将?"

说话的是任福,河南开封人,此人乃真宗禁军卫士,后因作战颇为勇猛升任秦凤路马步军副总管,上任仅四十天就已整装待命,

七、前路茫茫

曾以一敌十,带领几十余宋军消灭数百党项军,被封为侍卫马军都虞候。说实话,让任福断后真是大材小用了。

可耿傅不依,道:"范副使说务必要让在下断后,以保全军安危!"

"笑话,毛头小儿竟然口出狂言!我等安危,需要你来保护?"任福冷笑道。

韩琦道:"任福,不可无礼。我虽不同意此次范仲淹拒不出兵的态度,但其智谋足以令本人佩服。共同御敌,不分你我。本官决定断后之事由耿傅统帅。"

"报!"都监武英从帐篷外直接连滚带爬进入军营,"报告将军,不好了,不好了,范仲淹投降叛国了!"

韩琦大笑道:"范仲淹叛国?哪怕全天下人都叛国了,范仲淹也绝不会叛国!"

武英道:"末将所言句句属实!侄儿在范营任炊事,他亲眼看到范仲淹和李元昊正在长安岭谈笑风生,那手切羊肉还是他端上去的。侄子见此事非同小可,所以托人捎口信于我!"

"将军,范仲淹其心可诛!"众将愤愤道。

耿傅道:"韩将军,范副使如此行事,必定有他的道理!"

"再大的道理,能有天道大吗?密会敌军主帅,按照大宋律令应当斩首!"韩琦道,"来人,将耿傅带下去,赶出我韩营!"

"请将军三思。范副使和将军出生入死,怎么会投敌背叛呢?"耿傅道。

韩琦皱着眉头,显然对这个消息感到痛苦,但他更需要给身边将士一个交代。

"待本官查明真相,如属实,韩琦定当禀告圣上。"韩琦轻声说道。

突然,军帐外出现一阵喧闹声。沿着声音一路寻迹,原来距城门数里之外的山坡上站着几千西夏骑兵。有几名西夏将领来到城门下,大声呼喊:"韩琦老将不足惧,终日罢兵求休憩。入土老人披盔甲,黄发稚子都不泣!"

"韩琦老妖,回家带孙子吧!"韩琦这才发现城门下还有张生,只带十余人敢在城外叫嚣,是可忍孰不可忍!

韩琦命令开城门,众将连忙劝阻。

"将军,这定是张生的诱敌之计,将军切莫上当!"

韩琦举起长矛,道:"十几个乳臭未干的臭小子,看我如何收拾他们!"

见将士抗命,韩琦穿上红袍,竟从数丈高的城门上跳下。无论是宋军还是西夏军都看得目瞪口呆。要是换作寻常百姓,这跳城楼无意于自杀,轻者也要缺胳膊断腿。韩琦在地上滚了几圈,像没事一样站起,朝刚才嘲笑自己的西夏军冲去。

韩琦虽然勇猛无比,几个来回就砍翻三五人马,但是远处的张生指挥布阵,很快,韩琦被团团围住。西夏的汗血宝马像是受到妖术蛊惑,用马蹄向韩琦踢去。原本韩琦正攻上三路,未料这一偷袭,毫无防备的韩琦被蹬出数米远。

城墙上的宋军将士顿时慌了神,要是主帅被擒,这岂不是大伤

七、前路茫茫

士气?任福情急之下也从城墙跳下,手执弯刀从西夏军身后偷袭,短短几秒,西夏战马相继被砍倒。

受到鼓舞的宋军将士纷纷举起兵器,打开城门御敌。既然阵法已被破,张生急令手下立刻撤离。十余西夏骑兵在宋军还未大举压上前,如同一阵风消失得无影无踪。

见追击无望,韩琦停下来,大吐一口鲜血,竟昏厥过去。

待过了个把时辰,韩琦醒来,四肢无力。大夫说是腿骨发生错位,又加上急火攻心,需要静养三月。众将士围在左右都沉默不语。范仲淹拒不出兵,自家主帅又受伤无法带兵,万一西夏来犯,这可如何是好?

探马来报,张生已调动五万兵力秘密聚集在宁安寨,准备随时南下夺取军事要塞羊牧隆城。如果此城被夺,西夏军可一路东进直取陇州、坊州,万一再失守泾、原二州,宋军将无险可守。病榻上的韩琦知晓其中利害,他召集众将商议。

"朱观、武英部率一万人马兵发笼洛川,常鼎为中路军率一万五千人据守六盘山。任福断后统兵两万伏击张生余部。"

待众将士退去,韩琦独留任福。

韩琦道:"任福,你生性勇猛刚正,有我当年风范。但是,此战关系重大,切记若正面遇到西夏军,不可迎敌。你我的谋略都不及张生,唯有范仲淹可与之一较高下。"

任福不以为然,道:"范仲淹胆小怕事,一心求和。末将瞧不起这等鼠辈!"

"罢了罢了！我要你发誓,不能正面交锋,只能伏击！获胜之后,切不可贸然追击!"韩琦立起身子问,"耿傅何在?"

任福如实回答:"还跪在军帐前,说自己有愧范仲淹重托,不肯离去！"

韩琦道:"耿傅是条汉子！我要你重用耿傅,把他当作你的军师。"

任福不情愿地答应了。

八、蛇蝎美人

1. 神秘奏章

范仲淹与李元昊密会的事情被赵祯知道了。"他这是要干什么?"赵祯拿着奏折,龙颜大怒。群臣议论纷纷,有些人认为应该即刻捉拿范仲淹,将其交由相国寺彻查。也有些官员觉得事有蹊跷,或许是李元昊的反间计。

朝中一些守旧老臣对此愤愤不平。

"圣上,让通敌叛国之人继续镇守边境,千古奇谭,闻所未闻!"

"若仍用范仲淹,天下人会笑我大宋无人!"

"恳请圣上罢免范仲淹,抚慰死去将士们的在天之灵!"

见挚友处境危急,欧阳修直言:"臣认识希文十余年,他一直以天下为己任。臣愿意用性命担保希文绝不可能通敌叛国,请圣上三思!"

其实,赵祯也并不相信这份匿名奏折。今天早朝,中书省就接到这份匿名奏折。如果是有凭有据,为何不直接署名更具有说服力？文武百官都知道赵祯善于纳谏，下至七品小令，上至王公贵族，无论是谁只要有错，必定严惩不贷，相反，举报的大臣则有重赏。显然这匿名者有故意诬陷范仲淹之嫌，但奏章中叙述详尽，时间地点皆有据可依，又令人不得不信。

赵祯问："吕爱卿，此事你会如何决断？"

吕夷简回答："臣不相信范大人会冒天下之大不韪通敌叛国，他做事自有分寸。即使范大人果真做对不起朝廷的事，只凭一道奏折又能证明什么呢？圣上，临阵换将，兵家大忌，而且韩琦将军有伤在身，实在不宜换帅。"

赵祯道："那范仲淹就无事了吗？"

吕夷简答："此事可交由相国寺秘密彻查！如发现新证，再做判断不迟。"

欧阳修附和道："吕大人言之有理。圣上，若希文再战败，数罪并罚也未尝不可！"

赵祯心中思量，这范仲淹有难，吕夷简非但没有落井下石，反而是极力维护，其中定有蹊跷，不如静观其变。

赵祯道："丞相所言极事！就依汝所言！"

散朝后，管家在殿外等候吕夷简回府。以往，吕夷简都需要管家搀扶才能坐上马车，而今天他一个跨步登上马车。

管家问："老爷如此高兴，是范仲淹被革职了吗？"

吕夷简道："差一点。"

管家叹了声气，道："小的听说有人写了秘密奏折。"

八、蛇蝎美人

吕夷简道:"本来是要革职的,但是本官又劝圣上不要革范仲淹的职!"

管家疑惑不解。

"我不仅要革他的职,还要取他的命。我不仅要取他的命,还要让他尝尝身败名裂、为天下人所不耻的滋味。"吕夷简说完双手握拳,狠狠地敲打着马车。兴许是力量太大,马车的帷幕被掀起一角,一个容貌清秀的女子映入眼中。

管家示意此女子原是清乐坊的歌妓小莲,现在是范仲淹的小妾。

吕夷简盯着看了好一会儿,说道:"我看此女不像宋人,倒是有几分异域相貌。你查查她的底细,派人跟紧她。"

"看来今天收获颇丰。"吕夷简大笑道,"老管家,我再告诉你一件奇事!"

"哦?老爷请说!"

"你可知道这秘密奏折是谁写的?"

"此人定和范仲淹有不共戴天之仇,但又未因仇恨而丧失心智。奴才建议老爷一定要重用这匿名者!"

吕夷简俯下身子,凑到管家跟前,轻声说道:"这匿名者你也认识,他就在眼前!"

2. 身世危机

小莲看着桌上的一道道佳肴,却没有品尝的念头。她看上去很憔悴,脸色如雪。她已经有几天没有进食了。

"夫人,是老奴手艺不佳,让夫人难以落筷吗?"管家福熙问。

小莲摇头,道:"菜是好菜,只是我实在吃不下!"

福熙道:"夫人,您这样下去,老爷回来可是要怪罪奴才的。"

小莲知道自从嫁给了范仲淹,范府的伙食大大改善。管家曾经说,范仲淹小时候家穷无食可吃,只能将一碗白粥分成三份,早中晚各取一份。现在,因为有她在而佳肴不断,天知道他是怎样在别的花销上省下钱的。

怕福熙难过,小莲拿起筷子,往碗里夹了一只玉虾。

"福熙,以后范府的伙食我去买吧。老爷不在,不用顿顿都吃那么好!"小莲道。

福熙连忙摆手,道:"老爷临走之前特地吩咐,一定要让夫人吃好穿好。"

小莲一笑,道:"你要是不让我去买,我就顿顿不吃。看老爷回来,如何拿你是问!"

福熙听后,只觉夫人心地善良,道:"老爷真是多福,娶了那么好的夫人。人家府上,哪个夫人、小姐不穷尽奢华,而我们夫人真的是节俭有度,时刻为老爷着想。福熙在这里谢谢夫人了。"

小莲一乐,竟吃了几口饭,随后问:"最近有老爷的消息吗?"

福熙眉头微皱,语气却十分平和,道:"边境偏远,老奴没有什么消息。"

突然,小莲放下碗筷,斥责道:"快说,不许骗我,否则我再也不吃你做的饭!福熙,我和你一样关心老爷的处境!你要是不告诉我,我会更加担心老爷。"

八、蛇蝎美人

"好吧!"福熙叹了口气,"夫人,老奴只听街上人说,老爷投敌叛国,又听说军营中有一主帅受重伤,但不知道是不是老爷!"

碗筷应声落地。

小莲喃喃自语道:"主帅?那肯定只有老爷了!"

翌日,天未亮,小莲就已起身。在屋内来回走动了两个时辰后,她终于耐不住焦躁的心情,提着菜篮子悄悄出了范府。

范府居相国寺街最南边,地处偏僻,要去商肆必须先穿过旬阳街。此刻街上空荡荡,鲜有店家叫卖,倒是始终跟在小莲身后的三五黑衣人显得有些突兀。起初小莲回头,黑衣人稍有遮掩。之后,便不再躲藏,也无处可藏。

黑衣人追到一条死巷,小莲忽地站在五个黑衣人面前问道:"你们为何跟踪我?快说!"

一个小女子,竟然语气这么逼人?黑衣人相互对视片刻,不由得大笑道:"告诉你也无妨,当朝平章事吕夷简吕大人派我们监视你,既然你已发现,那就跟我们走一趟吧!"

"你们随意抓人,就不怕我报官吗?"

领头黑衣人又是一阵大笑,道:"报官?我们就是官,给我拿下!"

"是你们逼我的。"小莲大吼一声,只用数掌竟将上前的一个黑衣人击倒在地。其他几人见形势不妙,齐齐向小莲冲来。

小莲后退几步,突发数枚暗器,黑衣人应声倒地,直接毙命。

"我不想伤你们,你们却想害我。"小莲长叹一声,拾起地上的菜篮准备离去,一个倒地的黑衣人突然站起身向远处跑去,嘴里还大喊救命。小莲见后再发出一枚毒镖,可惜这次没能射中。

霭霭晨光打在小莲脸上,不见温柔,原本那清乐坊的歌妓变成了满脸愤怒的女侠。小莲并未走到相国寺街,而是在一条无名的横路上拐弯,来到一座荒废的庙宇。她四处张望,见无人,才敲响了庙门,敲门声为七下,三轻四缓。

庙内有七八人,为首的正是西夏大将野利仁荣。他们密谋商量着国事,对小莲的来访感到很吃惊。

小莲质问:"你们说过不会伤害他的!"

"对,我们的确没有伤害他!"

得知受伤的主帅并不是范仲淹,而是韩琦,小莲放下心来,但随即露出痛苦的神色。

野利仁荣有些不悦,道:"胡闹!没有我的命令,你怎么敢独自来到这里?万一被人知晓,你我皆成刀下鬼!"

小莲道:"来的路上,吕夷简派人跟踪我!"

野利仁荣大惊,问:"你都解决干净了吗?"

小莲低下头道:"放走了一个!"

"连几个毛头小兵都解决不了!"野利仁荣一把掐住小莲的脖子,"杀人不见血的西夏国之花是怎么了?莫非你和他产生了真感情?"

"你敢动他试试!"小莲喘息困难,但用拳头抵住野利仁荣的腹部。

八、蛇蝎美人

野利仁荣一时也疼痛不已,只能放下她。

"我劝你最好不要动真感情。一旦范仲淹知道你的身份,他还会留你在身边吗?"

"即使他要杀我,我也认了!"

"那君上呢?不要忘了是他救你出苦海的,你现在又是怎样报答他的呢?"

小莲不语。

野利仁荣冷笑道:"不过,你现在可以去找他了!"

3. 将相不和

李元昊这些天有些郁闷。韩琦受伤,范仲淹不在,他竟未取得一场胜利。连一个任福都战胜不了,这对战神李元昊来说是莫大的侮辱。

李元昊问:"张先生来了没有?"

野利仁荣道:"已经在路上了。"

李元昊不明白,范仲淹镇守的延州府拒不出兵,为何张生始终与其对峙。刚才粮官来报军中的粮草不足三日。

野利仁荣道:"君上,臣有件事憋在心里好久了,想说却不敢说。"

李元昊道:"但说无妨!"

野利仁荣道:"君上,为何就如此信任国师!国师虽然善于用计,可说到底仍是一个宋人!现在他掌握兵权,一起出生入死的兄弟们心中不服。在国师鼓动之下,西夏与宋连年大战,国内已经没有足够的兵粮。再打下去,臣怕民心不稳!"

想来那日范仲淹的劝诫不无道理,张生虽然善于用兵,但他也长于权术。西夏境内除了自己,无人能在计谋上和张生相提并论。让一个宋人执掌朝政又手握重兵,李元昊反复思量,这个当初和他湖畔夜谈的书生,会与他争夺权力吗?

此时,张生竟站在他的面前,道:"恭喜君上!"

李元昊疑惑道:"喜从何来?"

"我军此战必胜无疑!"

李元昊不得苦笑道:"粮草不足三日,将士士气低迷,如何能获胜!"

"君上不信?臣已有一计,范仲淹定不会贸然出兵!"

"国师雄韬伟略,是我西夏治国良将!但是大臣禀告,这仗再打下去,无论胜负,国内将一片萧条。国师,我已经不是过去那个莽撞的小子了,我是一国之君,我需要为国家长远考虑!"

张生眼眶下陷得很厉害,说话声音提高了:"君上,此战若胜,您将获得对宋边境的全部统治,臣保证只需再一战,整个大宋都是您的。想想看,这是多么伟大的功业,您的名字将会载入史册,您的子孙将生生不息。如果现在您放弃了,将一无所有,被世人耻笑!"

"我主意已定,收兵!"

张生顿时青筋暴起,跪在地上道:"臣已率部攻打羊牧隆城!请君上问罪!"

李元昊被这先斩后奏弄得大吃一惊,大声质问:"你所率的是

八、蛇蝎美人

西夏军的精锐之师,若败,我们将死无葬身之地!"

张生面无表情,从腰际献出锋刃,道:"若此役失败,张生愿受军法处置!"

"报!"帐外野利仁荣亲自执军情来报告,这个场景在以往并不多见。野利仁荣没有等他们开口,就道,"任福并未赶到羊牧隆城,而是转到张义堡,与常鼎会合,袭击我军。现在张义堡的驻军正向我们求援!"

"我军损失多少?"李元昊问。

"三千将士!"

李元昊听后,将张生上交的锋刃瞬间折成两段,怒道:"杀了你也不够!"

一旁的野利仁荣对着张生冷笑。

张生不为所动,道:"恭喜君上。任福有勇无谋,只要诱敌深入,宋军定会土崩瓦解。臣用三千将士的亡灵去换这一仗的胜利!"

"张生,你好大胆子!"野利仁荣大叫,"君上,臣恳请将这个妖言惑众之徒拿下,就地正法,以稳军心!"

李元昊大手一挥,下令:"来人,将他带下去,没有我的准许不得释放!"士兵们领命正欲捆绑张生,被李元昊阻止,"废物!将野利仁荣拉出去!"

原本颇为得意的野利仁荣顿时惊讶不已,甚至还没有开口求饶,就被拖下。

"传我命令,即日起,国师张生升为副元帅统领五万兵马,此

第五卷 三川喋血

外,野利仁荣所部也由国师统领,违令者杀无赦!"

张生跪地谢恩。

李元昊冷冷地说了一句:"我只能赌一把!"

张生升为副元帅的消息不仅震惊西夏军,同时也震惊了在延州府的范仲淹。李元昊做事向来低调,这次高调提拔张生也宣布了大宋与西夏的第二战不可避免。长安岭之议流产了!

此时,侍卫来报说有个叫狄青的人,要见范仲淹。

范仲淹听后,光着脚亲自到殿堂中迎接狄青,还自语:"如有神助,如有神助!"

几年未见,狄青早已不是那个偷馒头的浑小子了。他肩膀宽厚,双目有神。两人寒暄几句,范仲淹将他引到内殿。

狄青道:"恩公,不急,我还给你带了一个人!"

范仲淹回头一看,原先举起的酒杯"嘭"的一声掉落在地。征战之余,他日夜思念的小莲竟然就这样活生生地站在延安府军营之中,站在他的面前。

原来狄青一直是李胜男的贴身侍卫,可是主子被软禁,他只能买通看守,按照李胜男的嘱托投奔到范仲淹府中,途中又遇到小莲。一番询问,双方结伴而行,这才有了刚才那一幕。

小莲羞红了脸,道:"我听管家说你受伤了,所以就想过来看你。我知道这是军营,可是我就想看到你。"

范仲淹听后感动不已,挥舞手臂道:"你看我像受伤的样子吗?受伤的是韩将军,我好着呢!"

小莲喜极而泣,扑到他的怀里。

八、蛇蝎美人

恢复理智后的范仲淹,看着狄青和小莲,一个是敌方的侍卫,一个是自己的夫人。两人公然出现在自己的军营中,要是传到朝廷,估计大臣们又将参他一本。

小莲看出范仲淹的难处,道:"老爷放心,我就女扮男装,当你的小书童!"

狄青附和道:"是啊,我们是悄悄来的,夫人一路上都戴着头巾!"

小莲边点头边从口袋中拿出湿漉漉的假胡子。她盘起头发,道:"怎么样,像不像个书童?"小莲这装扮,像极了文弱书生。可是军营之内,哪是读书练字的地方?范仲淹最后将他们都作为自己的贴身侍卫。

夜晚,待到小莲入睡,范仲淹走出帐外,狄青已等候多时。

范仲淹问:"她还好吗?"

狄青道:"不好!"

与李胜男在食人村相遇的场景不时浮现在眼前。

狄青跪下道:"请大人救救公主吧!公主被李元昊软禁,这次狄青有幸逃脱,是公主让我来找大人的。"

"她还说了什么?"

狄青的额头冒着汗,他不想说,但肩上所托的使命又让他不得不说:"公主说,希望大人能亲手杀了她!"

4. 铁箱信鸽

前线骑兵快马高喊:"捷报,捷报!我军杀敌三千余人!"

第五卷　三川喋血

坐镇大营的任福，喜出望外，撇下众将，径自出营迎接。连续三日，西夏军都拒不出战，这对有志在沙场建功立业的任福来说，十分无奈。兵马未动，粮草先行，西夏的粮草只能维持七日，现在是最后一天，果然收到捷报！

直到前线骑兵站到他面前，呈上一封战书，这才把喜形于色的任福拉回现实。战书是张生亲笔写的，信封用火漆加印，只能由主将拆阅。

任福接过信，感到疑惑，败将何能言战？直到拆开所谓的"战书"，反复盯着信上的文字，任福长舒一口气。和韩琦的密信不一样，他将"战书"传阅给众将，之后，军营中传出笑声。

"张生毕竟是文人，爱面子，明明是求和书，非要说是'战书'！"

"三千士兵，对我大宋是九牛一毛，对于西夏则是重创！"

众将嘲笑着张生的虚伪和西夏军的不堪一击。

任福摇头道："各位，你们不要忘了范雍是怎么兵败三川口的！想搞诈降？范雍糊涂，我任福不糊涂！众将听令，全营拔寨，明日日落之前，定将张生的脑袋拿来祭旗！"

许久未言的耿傅上前劝阻道："副都部署三思啊！李元昊长于用兵，张生善于用谋，此二人绝不会轻易投降。此事应慎重，还是先禀告朝廷。"

"禀告朝廷？你还是先禀告范副使吧！"任福挖苦道，"本将什么都知道，什么都看得见。你与范仲淹暗中通信，是想让那老小子分一杯羹吧！本将留你在身边，就是告诉你，范仲淹只能看着却永远也拿不到本将手里的战功！"

八、蛇蝎美人

耿傅辩解道："范副使为大宋着想，怕副都部署延误战机，请三思！"

任福大怒道："来人！将耿傅拖下去，没有我的命令禁止他靠近军营！"

耿傅被挡在军营外，很是焦急。他只能询问手下可有范仲淹的来信。说来也奇怪，此前每隔两日耿傅都会收到范仲淹的回信，指点布防，可现在三日已过，还不见来信，真是急死人。耿傅只得拿来纸笔，再修书一封："范大人，自从韩琦将军受伤以来，所有军务都由副都部署任福代劳。近日，副都部署领军克敌三千，张生来信议和。副都部署明日决议率营进逼六盘山。窃以为这定是张生的诡计。然副都部署心意已决。耿傅亲启。"

翌日，任福率领两万大军由六盘山往南，没有遇到过多阻碍，径直来到笼竿城。他估量以今日作战态势，天黑以前得胜寨、天都寨等军事要塞将尽归大宋。

此时，数万宋军的前方，竟有一持刀壮士。壮士脱去上衣，露出宽厚的肩膀，此人正是耿傅。

耿傅拿起长枪，在地上画了一条长线，喊道："谁敢过线，先过我耿傅这关！"

任福策马斥责道："你怕死可以不去，但若阻挡大军前行，军法处置！来人，把他拖下去！"

上前来的两个士兵并不是耿傅的对手，耿傅自幼便随父在军中成长，虽不能说十八般武艺样样精通，但是底子扎实。转眼之间十余名士兵都被掀翻在地,一时之间无人敢靠近。

任福大怒,挥刀砍向他,怎料耿傅并未躲闪,而是迎上前去,只见耿傅的右手臂缓缓掉落,顿时血流如注,众人皆惊。

任福依旧表情严肃,道:"今日兄弟这手臂,等回来再还!"

说完,大军便奔赴前线。

时至午后,宋军进抵好水川,将士们愈战愈勇,西夏军连连败退。任福拿着西夏军匆忙丢弃的铠甲好不得意,世人皆知韩琦、范仲淹,怎料如今又出了一个任福?

任福下令将缴获的兵器、铠甲搁到耿傅面前,他要将这个妖言惑众的狂徒好好教训一番。

士兵答道:"耿傅失血过多,已经死了!"

"死了?"任福有些惊讶,耿傅和他几乎同时进入军营。耿傅喜欢读兵书,任福喜欢研究兵器。两人除了作战策略常意见相左外,平时并无私人恩怨。在记忆中,两人刚入军营的时候,都意气风发,发誓要为国戍边。

任福问耿傅在死前说了些什么,士兵回答,没有留下遗言,只是一双眼睛不愿闭上。

耿傅很少做出格举动,这次以死明志,难道真的是前路凶险?

正当任福陷入长久的思考时,士兵报告说捡到一只铁皮箱。

任福大怒道:"一只箱子而已,为何大惊小怪!"

"将军,这只箱子无法打开!"

"岂有此理!"

直到士兵们将这只箱子抬上来,任福才相信所言非虚。这只

八、蛇蝎美人

箱子有三丈高,需要十五个士兵才能抬起来,更奇怪的是里面偶尔会发出声响。

"来人,将它打开!"

副将桑怿劝阻道:"将军,其中恐有诈!"

"怕什么?我几万大军在此!哪怕箱子里装的是李元昊,本将都要将他碎尸万段!"

任福提起长矛,向后退了几步,运足气力,随即挥动长矛,向铁箱刺去。

"嘭"的一声,铁箱裂出一道口子,数千只信鸽飞出来迅速遮蔽了天空。

黑暗吞噬了万物,也吞噬了任福的大军。

当信鸽飞出天际,白光显现,天地之间又恢复了往日的气象,任福想稳定军心,但为时已晚,西夏军早已布满山头。

此刻,任福才如梦初醒。

张生在山上挥动羽扇,笑道:"任将军投降吧!"

任福高喊:"逆贼!吾为大将,兵败,以死报国耳!"

5. 断肠毒酒

范仲淹得知任福全军覆没的消息,已经是三天后,甚至比朝廷得知的时间还晚了一天。他扶住椅子勉强站立,三万大军就这样无声无息地消失了?范仲淹不敢相信这个消息,屏退左右,把自己关在军营里。

任福、桑怿、武英、刘肃、赵津、耿傅,这些大宋的名将全都战死了,范仲淹无法想象,少了这些将领,日后谁来守护这大宋边境?

要是当初能派兵救援,任福不至于全军覆没。范仲淹不禁懊悔,他应该要像耿傅那样不顾一切地提醒任福,可是,这又不在他的能力范围之内。

"不是说过没有我的命令,谁都不允许进来吗?"范仲淹低头喝闷酒,来者没有退却,而是收起酒瓶。"混账!"范仲淹刚想发怒,但看到是小莲,立刻又心软了。

小莲依然保持范仲淹教的军中纪律,道:"范副使,别喝了,帐外的将士还等您指挥呢。"

范仲淹没有理睬,又夺回酒杯。

"老爷,你再喝就醉了!"

"那你替我喝吧!"范仲淹将酒杯推给小莲,"怎么,不敢喝?你不是叫我不要喝的吗?"

小莲擦拭眼泪,默默举起酒杯,一干而尽。范仲淹边说边继续给她灌酒,待小莲酒醉,范仲淹为她披上袍子,自己走出帐门。

值守将士见主帅深夜出帐十分惊讶,范仲淹示意他们不要出声,自己径直朝小莲的住所走去。一路上范仲淹都神色抑郁,仿佛每走一步都离万丈深渊更近一步。终于还是到了。范仲淹凭借本能在一个不起眼的柜子下找到了耿傅写给他的加急文书。毫无疑问,他的枕边人就是西夏派来的奸细。范仲淹不是一个草率的人,内心隐约有感觉,但是不愿意戳破这层窗户纸。可现在,因为他的一念之差,导致战机延误!

范仲淹握紧腰间兵刃,冲回自己的营帐。小莲还在那儿安静

八、蛇蝎美人

地熟睡着,他拔出刀欲刺向她,可手渐渐发抖,终究还是放下了。

梦中的小莲一直都在出汗,梦到范仲淹满是鲜血地躺倒在地,而杀手就是她自己。小莲接到的最后一个任务是用毒酒杀死范仲淹。李元昊答应她,事成之后,还她和家人自由。她的内心是煎熬的,一边是自己的丈夫,一边是常年生活在地牢的母亲和弟弟。小莲想对范仲淹产生恨意,拼命说服自己,可范仲淹的言行举止让她没有恨他的理由,他是好人。

小莲的手心里还握着李元昊给她的毒粉,遇水则溶,遇酒则化。她趁范仲淹离去之际,将毒粉融入水中。小莲心想,范仲淹离去定是他发现了什么。

果然,范仲淹再次回到帐中,假寐的小莲能够感受到一股冰冷的气息。拔出锋刃的声音很轻,可是刀光晃到了她。小莲额头已沁出不少薄汗,他真的要杀了她吗?

范仲淹将刀放下的那一刻,小莲也适时地醒来,道:"我刚做了一个长长的梦!"

范仲淹仍保持站立姿势,没有靠近她,问:"什么梦?"

"我梦到我们阴阳相隔了。"

"怎么会呢?来,喝杯酒,压压惊!"

小莲的心里一紧,拿酒的手一直在颤抖。往日夫妻和睦的场景又不断在脑海重现。范仲淹握紧了她的手,给自己倒了一杯酒,道:"别怕,我们会东山再起的。"

五十岁的他真能东山再起吗?小莲看着丈夫两鬓泛白,心里不忍。眼见范仲淹无所顾忌地要喝下杯中酒,小莲打翻了它,大声说:"别喝这酒,有毒!"

范仲淹微笑道:"你终于和我说了实话!"

小莲跪在地上,将李元昊拿她母亲和弟弟作人质的事情全部说了出来。

"我不怪你,你是受人所逼!"

"对不起!"

"但是你让我延误战机,我不能再留你了!"

小莲拉住他的衣袖恳求道:"小莲已经无处可去了,我想将功赎罪!"

范仲淹扶起小莲,眼神中除了平时的关切,仿佛又多了些什么。"我会尽全力救出你的母亲和弟弟的。"范仲淹说。

小莲举起另一只酒杯说:"谢谢范大人!"

范仲淹迅速打掉小莲的酒杯,道:"这杯酒有毒,你喝这杯!"

原来范仲淹早已看穿小莲的举动,悄悄掉了包,只是没想到她会阻止。要是刚才她喝了毒酒,自己会怎么做呢?想到这儿,范仲淹心中有些苦涩。与枕边人都如此钩心斗角,那帐外的几万将士有多少是忠于大宋的,又有多少是有异心的?

小莲低头将酒喝下。

"你就不怕这杯是毒酒?"

小莲擦干嘴角的酒渍,道:"范大人,我相信你!只要范大人想要,小莲的命可以给你!"

范仲淹扶起小莲,道:"还叫我范大人?"

今夜,喝过酒的小莲内心在翻腾,半是惭愧,半是感激。

6. 生死之交

第二天,延州府的城门上挂起了白绫。城内响起了鼓声,还有百姓的哭声。士兵们神色黯淡,举起兵器,发出哀鸣,好像自己的主帅阵亡了。

远处观望的张生,来回踱步思虑,他很少有这番焦躁举动,当然比他更焦躁的是李元昊。西夏将士看到李元昊出现在延州都十分惊讶。不仅如此,连他的心腹野利仁荣都来到这里。

李元昊哈哈一笑,道:"莫慌!韩琦早已是瓮中之鳖。只要看住范仲淹就行!"

野利仁荣道:"君上,看样子范仲淹被小莲毒死了!"

西夏将士听到此言无不欢欣鼓舞,扬言要攻下延州府。主帅一死,军中必大乱,正好将延州收回。

李元昊问:"国师以为范仲淹是真死了?"

张生摇头道:"君上,臣不知。"

一旁的野利仁荣轻蔑道:"你和他共事二十余年,是死是活总有个判断吧!"

张生反问:"你熟知小莲也近二十年,是死是活总有个判断吧?"

正当两人争论之际,延州府的城门突然打开,三万士兵如离弦之箭冲了出来。宋军无论是将领还是士兵都戴着铜牛面具,手执长矛,杀向毫无准备的西夏军。

张生指着那个戴红色面具的人,道:"范仲淹没死,快杀了他!"

李元昊听到后,不顾侍卫劝阻,跨上战马,向红色面具袭来。

两人三五来回不分胜负,可渐渐地李元昊占据优势。他常年骑马精通马上之术,差一点就揭下红色面具。红色面具见形势不妙,策马逃出战区,李元昊在后面紧追不舍。

"范仲淹,你往哪里跑!"

眼看两匹战马快要接近,红色面具被脱下,那人对着李元昊一阵发笑:"猜错了吧?"

戴红色面具的是狄青,李元昊得知中了调虎离山之计,便迅速赶回延州主战场。可还是晚到一步,不懂武功的张生已被范仲淹生擒。

范仲淹揭下和士兵无异的面具,把刀架在张生的脖子上。

"将小莲的家人放了,否则你们国师将命丧于此!"范仲淹见西夏军无动于衷,"看来,国师的命并不值钱啊!"

李元昊点点头,示意将小莲家人带上来,道:"我第一次见到为了一个女人而放走敌方军师的,范仲淹我看你如何向皇帝交代!"

小莲与母亲、弟弟紧紧抱在一起,范仲淹则释放张生。

下属轻轻地在李元昊身边耳语,李元昊顿时撤兵赶回泾、原二州。

当范仲淹和李元昊对峙的时候,狄青已率五千轻骑绕开西夏军直赴泾、原二州。竟然让一个乳臭未干的小子断了后路,李元昊好不懊恼。由于西夏军主力都集中在延州及泾、原二州,机动兵力

八、蛇蝎美人

有限,狄青并未遭遇过多的阻力就到达目的地。

此时的韩琦早已成了困兽,他们被围困在六盘山附近,老将军的头盔也被乱箭射落。韩琦虽然武艺了得,无奈先前左臂受伤,只能边战边退。

西夏军占据六盘山制高点,宋军周围响起了哀怨声。方寸大乱的韩琦不禁老泪纵横,看着满山的西夏军,自知已经无力回天。韩琦自语:"大宋的将领、大宋的士兵都战死了,韩琦愧对大宋百姓!"韩琦将刀架在自己的脖子上。

"将军且慢。"只见一支箭飞过,擦着韩琦的右肩,打落了他手中的刀。韩琦一惊,这箭法百步穿杨,更令人吃惊的是使箭之人只是一个十几岁的少年。少年的后面飘荡着大宋旗帜。

狄青利落下马,道:"韩将军,末将奉范副使之命,前来救援!"

"好!"韩琦擦干泪水,恢复了往日的意气,"老子就知道范老儿不会见死不救!走,我们杀出一条血路!"

由于主帅、副将全都在延州,西夏军见大宋援军已到,不敢轻易对战,只能鸣金收兵。

躲过一劫的韩琦不顾左臂上的伤,问道:"范仲淹在何处?"

狄青答道:"范副使还在延州拖延李元昊、张生,马上就与将军会合!将军,请随我回营医治!"

那韩琦倒也是铮铮铁骨的汉子,连日作战早已没有麻药。他撕下战袍一角咬住,竟直接将箭头拔下来,没有过多的痛苦表情,就像是做了一件极为普通的事情。

"将军真性情!"远处赶来的范仲淹看到这一幕,佩服万分。

韩琦与范仲淹同为副使,可韩琦跪倒在地,道:"老小子,我韩琦糊涂,错怪你了!"

范仲淹扶起他,道:"将军切莫自责,你我都是从鬼门关逃回来的人,早已是生死之交!"

"呀呀个呸的,我一定杀他个片甲不留!"

范仲淹嘴上说好,可眼神透露出忧思。这次好水川战败,将近半数大宋最杰出的将领都已阵亡,守卫泾、原二州的士兵几乎全军覆没。朝廷会再给他们出兵的机会吗?

九、拯救危难

1. 牢狱之灾

"夏竦何曾耸,韩琦未足奇。满川龙虎辇,犹自说兵机。"

葛怀敏在文德殿上激情地读完了这首小诗,他只是一介武夫,自然不理解诗句的内容,可是朝堂之上的百官则吓得不知所措,有一些上了岁数的老臣则当场尿了裤子。葛怀敏摸着脑袋,还在思忖是不是自己读得不好,询问圣上要不要再读一遍。

三川口、好水川接连大败,大宋举国大骇。一个刚刚建国不久的西夏,竟然能让大宋王朝败得体无完肤。群臣都在讨伐主帅和副将因贪军功,互不派兵支援而导致战局不利,但也有小部分官员认为韩琦、范仲淹已经尽力。

年事已高、被恩准坐听朝政的吕夷简此时站起身来,道:"圣上,臣最近听到一些流言,范大人的军帐里私藏女眷。老臣不相信,想请问范大人是否真有此事?"

范仲淹据实而报:"是臣的小妾!"

吕夷简压过朝堂之上的嘈杂之声,责问道:"吕某从未听说哪朝哪代将士打仗,需要带女眷伴随左右?范大人,你作何解释?"

范仲淹并不回应,而是重重跪在地上,道:"臣有负圣恩,请圣上赐罪!"

赵祯走到范仲淹面前,一脚蹬在他肩上,大声怒道:"赐罪?你以为朕不敢?朕告诉你,朕当然要赐罪!来人,将这等败军之将押入大牢!"

几位革新派大臣欧阳修、宋祁、包拯等纷纷请旨,称范仲淹纵然有错,但有护驾之功,现正逢大宋危急时刻,请求再给他一次机会。

赵祯怒道:"再给他一次机会?你问问那些死去的将士给不给他一次机会?你们问问那些大宋百姓再给不给朕一次机会?传朕旨意,将所有参与好水川之战的三品以上将领都连降三级!"

殿中侍御使文彦博当场草拟诏书,赵祯阅后又补充道:"桑怿、刘肃、武英、王珪、赵津、耿傅等阵亡将领都追封节度使兼侍中。任福虽然好战心切,但战死沙场,不失我朝气节,追封其母为陇西郡太夫人,其妻为琅琊郡夫人。下去吧,下去吧,让朕静静。"

待百官退朝之后,赵祯直奔紫嬛殿。他曾经下令后宫开支都要上报内廷,不得奢靡。每个嫔妃的宫女都有人数限制,就连赏赐、升降都有严格的规定。然而,这座紫嬛殿是为张妃临盆所建。赵祯已经三十五岁了,不知为何,始终无一皇子,倒是有不少公主。可百年之后,谁来继承他的大业?这次,张妃有孕,又重新燃起了赵祯的希望。

九、拯救危难

"爱妃,你觉得怎么样?"

张妃和赵祯昔日患难与共,道:"圣上,快些去歇息。臣妾不累,身体好着呢,希望能给圣上带来皇子!"

赵祯摇头道:"你都不累,朕还累什么?你要是生下皇子,朕封你为皇后。"

张妃听后神色大变,连忙劝阻道:"圣上,万万不可,曹姐姐会生气的。"

张妃口中的曹姐姐是当朝皇后曹氏。曹氏虽然不像刘皇后般性格泼辣,但她乃名门之后,其祖父曹彬是开国名将,叔父曹玮手握重兵,选曹氏为后完全属于政治联姻。

赵祯道:"朕早就想废掉她了!一个皇后没能生育子嗣,如何才能母仪天下?"

张妃轻轻捂上他的嘴,道:"圣上,这后宫也像个小朝廷。谁得宠了,谁遇冷了,这当中的玄机可大着呢。臣妾不愿意争什么,只想安安心心地把这孩子生下来。"

"你放心,谁都不会伤你。"

离开紫嬛宫后,赵祯责令侍卫加强守卫,除了太医,任何人都不得靠近。随后,赵祯才回文德殿批阅奏折。他不断咳嗽,像要把心肝肺都咳出来。太监们见了都不知所措。

赵祯抓住太监的手警告说:"不得宣太医。要是敢走漏风声,朕砍掉你们的脑袋!你们都退下吧,朕要和列祖列宗说几句话。"

赵祯跪在灵位面前,自语道:"列祖列宗,我赵祯比你们都好福气,拥有那么多的良臣名相。我不敢糟蹋他们,克己复礼。可是,我不知道能活多久,能否击败李元昊?列祖列宗,在天之灵,保佑朕一举攻下西夏,保佑张妃能生出皇子,让大宋的基业能得以延续!我赵祯不求天地,只求列祖列宗!"

2. 天子亲征

边关来报,十万西夏军已兵临延州清涧城。

文德殿上诸位大臣都一筹莫展,两场战役的重大失败,竟然导致边关无人可用。这次派谁为将呢?

宋祁上前奏道:"圣上,可知好水川最后援救韩琦将军突围的那个小将吗?"

赵祯道:"朕记得。那个少年叫狄青,戴着面具,骑战马驰骋沙场,与李元昊过招,不落下风!"

宋祁说:"正是此人,臣愿荐此人为将!"

不料宋祁的推荐遭到众大臣的反对,让一个毛头小儿为将,这可是破天荒的事情。

赵祯像是早有准备,道:"朕向你们推荐一人,这人的胆识不亚于狄青,让他们为左右先锋,西夏军指日可破!"只见赵祯右手一指,指向了贴身侍卫葛怀敏。

葛怀敏还未来得及反应,赵祯便下令:"葛怀敏听旨,封葛怀敏为镇戎军节度使兼太尉、讨夏左先锋,狄青为延州指挥使,即刻发兵!"

葛怀敏想时刻保护皇上,但这文德殿之上,赵祯一开口就是圣旨,他只得领命。

九、拯救危难

赵祯像看穿了他的心思,问:"葛怀敏还有所奏?"

葛怀敏道:"启禀圣上,这将点了,主帅是谁?"

曹玮抢先说道:"圣上,臣愿意领兵将李元昊的脑袋摆在这大殿上!"

曹玮已近花甲之年,早已被封为异姓亲王。之前他称病许久未曾上朝,未料今天不但入朝,而且还主动请缨。

"好!爱卿的爱国之心,朕深感欣慰,不愧是众大臣的楷模。但是你年事已高,若担任主帅,朕无法面对皇后,天下会笑话朕手下无人!"

曹玮握紧双拳,有些愤怒,又有些意外,皇帝竟然当朝不给他面子,道:"敢问圣上,现在派谁担任此元帅重任?"

赵祯起身对群臣说:"你们都推荐不出一个能当元帅之人,朕告诉你们谁最合适,就是朕!"

几位老臣听后纷纷下跪劝诫。

宣德郎欧阳修道:"圣上,不可啊!天子出征,只能取胜!这是决胜千里,不可冒进!"

龙图阁学士宋祁道:"圣上,自古御驾亲征之君,必到了国难之时,我大宋富庶天下,百姓安定,还不到最后一仗的地步!"

"怎么?当年你们劝朕要战,现在又想说服朕和?是不是还要让朕将延州让给西夏?"赵祯眼神颇为不屑,"吕大人,你好久不说话了,到了这个时候还要装聋作哑?"

吕夷简上前一步,双手作揖道:"臣愿意跟随圣上讨伐逆贼李元昊!"

"好！朕今天最高兴的就是听到这一句话。"赵祯扶起吕夷简说，"可是吕大人啊，你跟随朕出征，那朝中之事谁来负责呢？传朕旨意，在朕亲征期间，吕夷简、宋祁、曹玮为辅政大臣，中书门下枢密院等各司其职！众位爱卿不必再劝朕！朕这几日也在琢磨为什么小小西夏能打败大宋几十万大军。因为李元昊身先士卒，直接决断政务，而朕除了听七百里加急，只能等待。朕听够了捷报，也该见见前线实情了！"

散朝后，曹玮并未打道回府，而是偷偷潜入皇后娘娘的慈元殿。曹皇后此时正对铜镜梳妆。曹皇后的特点就是脸大手大，就连头上的发簪也大。要在寻常百姓家那肯定以为她是不祥之人，可曹皇后出身显赫，这金丝玉帛倒也衬托出那雍容华贵的气质。只是曹玮私闯后宫，惊得曹皇后的大脸扭结在一起。

"叔父，你怎么来了？大臣私闯后宫这是大忌啊！"

向来谨慎的曹玮也顾不得解释，拽曹皇后进入内室，环顾左右，见四下无人，关上门道："侄女，叔叔告诉你一个消息，圣上要御驾亲征了。"

曹皇后满不在乎，继续拾起刚刚因慌乱丢下的眉笔，道："圣上说过，后宫不得干涉内政，之前的刘皇后不就是一个例子吗？"

曹玮走到她跟前道："哎呦，李元昊让大宋一半的将领战死沙场，你说圣上这次御驾亲征有多少胜算？"

曹皇后有些不安，道："要是圣上出事，那往后谁来当皇帝？"

曹玮长舒一口气，侄女终于说到点子上了。

九、拯救危难

"你想想,现在张妃正怀着龙种,万一圣上出事,谁来继承大位?"

曹皇后原本拿在手心里的眉笔,掉落在地。她太清楚了,自己平日总将张妃当作争宠死敌,要是张妃一旦生下儿子,那太子之位就是他的了。日后太子亲政,她这做皇太后的美梦基本也就破碎了。

曹玮看出了她的犹豫,道:"干脆一不做二不休。"

曹皇后吓得手指哆嗦道:"不准你伤害皇上!"

"唉。我什么时候说过要伤害皇上。我的意思是张妃……"曹玮做了一个暗杀的手势,继续说道,"我有个建议,不如接濮王赵允的第十三子赵曙进宫。一旦发生变故,新帝登位,那你还是太后,我等可坐拥天下!"

"要是圣上赢了呢?"曹皇后问。

"要是圣上赢了,你还是皇后,张妃还是张妃,但是她肚子里的龙种必须要除去!"

"要是圣上怪罪起来如何是好?"

曹玮冷笑道:"要是怪罪起来,皇后尽可将责任推到我的身上,只要确保张妃无子,你依然是皇后!不要忘了,当初要不是我,他怎么能轻易登上帝位!"

3. 陪皇演戏

三天后,赵祯亲率二十万大军讨伐西夏。他很少骑马,但一身金色铠甲,在阳光映衬下显得格外耀眼。他要让大宋士兵看到自己依然年轻,身手矫健,这定会大振士气。可是他的身边近臣不由得眉头紧皱,这是圣上第五次长咳不止。看得出,他一直在隐忍。

更令人担忧的是行军速度,现在三天已过,大军仍未到达延州。

赵祯依然胸有成竹,问狄青还有多久才能达到延州。狄青不敢怠慢,忧心忡忡地回答现在已到丹州,大军加快脚力估计明日天黑之前就可到达。

赵祯道:"葛怀敏、狄青、赵珣听令!朕命你们率十五万大军日夜兼程奔赴延州,与清涧知城事种世衡会合。其余五万人马,朕自有安排。"

面对这一决定,一直跟随赵祯左右的葛怀敏不同意,道:"圣上,臣愿意跟随您左右!"

赵祯扶起葛怀敏,道:"你守护边境就是守护朕,怀敏啊,大宋已无将帅之才!朕这次任你为将,是对你寄予厚望。等你凯旋,朕亲自为你摆宴庆功!"

"圣上,臣要是回来,定将李元昊、张生的人头搁到您面前!"

"好,朕给你们倒酒。喝下这碗酒,朕要你们拿出百倍力气守护大宋!去吧,朕已经令王沿率定边军助你们一臂之力!"

葛怀敏等将士将酒一干而尽。随后,跨上战马,快马加鞭,消失在茫茫大地上。

赵祯望着十五万将士策马扬鞭的景象,对随军大臣文彦博感叹道:"葛怀敏是将才,要是碰到一个帅才,定会是一代名将啊!他跟随朕多年,这一去,朕还真有点舍不得他!"

九、拯救危难

文彦博道:"圣上是仁君,对部下感情深厚!"

"哦,对了,范仲淹押来了吗?"

"押来了,他正在马营喂马呢。圣上,是不是要见他?"

赵祯点点头,道:"一个大元帅,现在成了阶下囚,给将士喂马,你觉得朕做错了吗?"

"臣不敢妄议圣上行事。只是范大人已经五十多岁了,臣怕他受不了这样的苦!"

"你是说范仲淹会自尽?"见文彦博不语,赵祯继续说道,"朕比你们任何人都了解范仲淹,哪怕是所有人都叫苦,但他不会!"

"圣上,是要再次重用他?臣立刻把他叫来。"

"不,我们一起去看看他。"

"快点,你给我快点!"马吏推搡着正在抬马饲料的范仲淹,"你还以为自己是大元帅呢?我告诉你,要是让马饿着了,你也别吃饭了。"

范仲淹被踢倒在地,以他的武艺即使戴着镣铐,几拳就能将马吏打晕,可他并没有这么做。文彦博示意是否要过去帮他,赵祯摇摇头。

范仲淹起身,脸上不但没有露出愤怒之情,而是笑道:"军爷!罪臣以为这行军打仗之马,不能喂它饱餐,要时常饥饿,保持矫健身型。还有这战马饲料,不同于普通……"

马吏未等他说完,便拿饲料桶往其头上砸,生气道:"哎呦,你还敢多嘴!这也是你一个囚犯所能谈论的事?胆敢管起你老爷了!"

范仲淹仍未还手,只是用手护住流血不止的头部。不过很快,马吏就住手了,赵祯将马吏踹翻在地。

"皇上饶命,皇上饶命!"

赵祯扶起范仲淹,将他带入自己的马车上。

赵祯看到范仲淹手腕之处已有血迹印出,令人去掉了他的镣铐。

"谢圣上!"

赵祯放下手中奏折,道:"不着急谢,你知道朕为什么将你带在身边吗?"

"圣上英明,要是不带臣在身边,臣估计早被吕夷简害死了!"

赵祯笑道:"再英明的圣上,要抵不过你范希文的脑子啊!朕再问你,你知道朕这五万人马将要去哪里?"

"臣不知!"

"你看看这兵部奏折。"

范仲淹阅后道:"臣知道了。"

"这满朝文武也就只有你能猜出朕的心思。但是,朕现在不急,你要陪朕唱一出戏,要等他们把尾巴全部露出来,朕才收拾他们。"

"臣还有一个请求!"

"但说无妨!"

"臣自幼学医,恳请圣上准罪臣为您诊脉。"

赵祯神色大变,问:"你是怎么知道朕的时日无多?"

4. 死胎之谜

三更时分,紫嬛殿的宫女和太监都已犯瞌睡了。这时候,远方的红灯笼慢慢逼近,只见曹皇后率领一群太医缓缓走来,曹皇后的手上拿着一只褐色小瓶。

侍卫们拦住曹皇后一干人等,道:"皇上有令,任何人都不得进入紫嬛殿!"

"放肆!"曹皇后打了侍卫一巴掌,"本宫告诉你,要是耽误了张妃生产,圣上定要了你的脑袋,快给本宫让开。"

侍卫们拔出刀剑,道:"皇后娘娘,请回吧!"

恰巧此时,殿内张妃腹痛异常,用微弱的声音喊:"快来人,痛死我了!"

原本有些无奈的曹皇后一听,立刻来了精神,大声质问:"怎么?还不放行?"

曹皇后冲着殿内喊道:"好妹妹,姐姐领着太医来看你了!"

正当侍卫犹豫到底放不放行的时候,曹皇后已冲入殿内。她见到宫女、太监在床榻前忙作一团,宫女春儿说要叫太医院的张太医。

曹皇后嗔怪道:"哟!再叫张太医怕来不及了,本宫请了太医院的赵太医还有接生婆。你们快让开!"

春儿护主心切,不愿让曹皇后接近自己的主子。

张妃的额头沁出不少细汗,说:"春儿,快让皇后和赵太医

第五卷 三川喋血

过来。"

"哼！"曹皇后鄙夷地看着春儿，"你算什么东西？"她继而向赵太医咳嗽一声，"还不快去！"

过了半炷香的时间，张妃的疼痛终于得到缓解。

赵太医的官服早已湿透，他向皇后使了一个眼色，曹皇后将赵太医引入内阁。

"快说，张妃这肚子怎么了？"

"启禀皇后娘娘，张妃并无大碍！只是……"赵太医欲言又止。

"你快说呀！"

"张妃脉象异常，时而缓急，时而虚弱，具体的臣也说不出来。但是，请娘娘放心，只要她喝了臣开的药，胎儿肯定不保。"

曹皇后点头，默许赵太医的行为，说："你退下吧！忘了今天所有发生的事，本宫已经为你打点好行程，安心养老吧！"

此时，春儿端着药碗走到曹皇后面前说："皇后娘娘，我家主子想跟您说说话，这药也请您端进去吧。"

曹皇后心头一紧，正想要推辞，春儿"哼"了一声，像是在嘲笑她的懦弱。

曹皇后夺过药碗，推开殿门，闯了进去。

紫嬛殿内冷冷清清，没有过多的装饰，甚至连一盆花草都没有，地砖是烟青色的。还以为圣上是多疼爱张妃呢，不过是看中她肚子里的孩子。想到这，曹皇后笑出了声。可是张妃去了哪里？床榻上空无一人。

九、拯救危难

"皇后娘娘。"声音从背后传来,不带感情,冰冷刺骨。要不是曹皇后手大,这药碗差点就落到地上。

"姐姐,这碗可要抓好啊!"

曹皇后本受了点惊吓,现在说话声音有些哆嗦:"妹妹,这药是安胎药,你趁热快喝了吧。"

张妃接过药说:"姐姐,我喝了这药只怕这胎儿是保不住了吧?"

"妹妹多虑了,怎么会呢?"

"姐姐,你就不想想,现在这紫嬛殿就只有我们两人。我的胎儿保不住,您的皇后之位还能保得住吗?"张妃哈哈大笑起来,"姐姐,以你的胆识,你怎么配当皇后呢?"

"我当不了皇后?你可不要忘了,我曹氏一族可是帮助过圣上登基,我的叔父手握禁军重兵!我怎么不配当皇后?你为了勾引圣上,什么下三烂的淫技都使得出来!"

突然,张妃将这打胎药一口喝下。

"你这是干什么?"曹皇后为张妃反常的举动感到震惊,"你不想保胎了?"

张妃喝完药后,拿出一把匕首刺向自己的肚子,可奇怪的是肚子没有流血。

"不是我不想保胎,而是我肚子里无胎可保!"

张妃从肚子里掏出一只布枕头,发出鬼魅一般的笑声。

"你这个疯女人。"曹皇后捂住耳朵,想逃离紫嬛殿。

"皇后娘娘,你想走?"张妃拉住她的手,神情又恢复到平日的样子,向殿外大喊,"救命啊,救命啊,皇后娘娘要害我!救命啊,皇后娘娘要杀死腹中胎儿!"

5. 仲淹变革

今夜注定不平静。曹玮火急火燎地奔到吕府,在此之前,他已经听闻曹皇后杀张妃龙种的消息。曹玮进吕府之前还念念有词:"成事不足,败事有余!"

吕府管家还睡眼蒙眬,听到有人敲门,大骂:"谁啊?不长眼!"

本来就在气头上的曹玮给了管家一个耳光,大声呵斥:"擦亮你的狗眼看看我是谁!"

管家似乎并不意外,捂着脸,恶狠狠地说道:"老爷说了,其他人都可以见,就是您他不能见,不然会惹杀身之祸!"

曹玮拿起剑托,道:"告诉你家老爷,今天他不见我,我就杀入吕府。"

吕府的管家也并不怕事,出人意料地将匕首架在曹玮的脖子上,怒道:"我哪怕杀了您,也不会让老爷少一根汗毛的!您敢动一下试试?"

话音未落,屋檐上方冒出三十多名弓箭手,角落里又有数十名穿黑衣的杀手,吕府大门外更排列着近百人的护卫队,旗帜上写着"曹"。士兵们举起火把,将吕府照得犹如白昼。

谁都没想到,曹玮竟将他的禁军侍卫都带来了。

"当年,曹大人带领这支精锐之师助圣上登基,现在又想助谁?"吕夷简从一间屋子走出来,从装束上看,他并没有因吕府被包

九、拯救危难

围而感到慌乱，相反时不时发出笑声，"曹大人，你是要将吕府踏平吗？"

在吕夷简的示意下，管家放下匕首。曹玮也收起原来傲慢的态度，而是将吕夷简拉到内厅。看上去，他很熟悉府内的地形。

"吕相，实不相瞒，我在你府中安插了眼线！我知道吕相每日以泪洗面，恨不得能亲手杀了范仲淹，为儿子报仇！可是皇帝迟迟不下手，现在还将他带在身边，这是对死者最大的侮辱！吕大人，我们都看不下去了。说到底，就是皇帝无能无德。现在赵祯生死不明，恳请吕大人趁此之际，和我联手，杀入皇宫，另立新帝！"

曹玮一股脑儿地把想说的全说了出来。他是个聪明人，面对老谋深算的吕夷简，最好的交际策略就是没有策略，聪明人之间不打哑谜。

吕夷简笑道："曹大人，知道我刚才在想什么吗？我想到了七年前张生也和我说过这番话。可是结果呢？全族遭灭！曹大人，咱们的皇帝聪明着呢，你还是早点放弃这个念头吧！说不定这万古仁君，还会放你一条生路！"

"如果我把他唯一的龙种杀了呢？他还会放过我吗？"

吕夷简一惊，未曾料到曹玮对权力的贪婪竟使其丧失理智。这可是毫无子嗣的赵祯目前唯一的希望啊！

不过，吕夷简一方面佩服曹玮的勇气，另一方面也耻笑他的无能。仅仅三两个回合，他就将全部的秘密和盘托出。此等气量，焉能成大事？

"吕大人，你说句话吧！我有兵，你有权。我们两人联手，这日后江山就是我们的了。"

突然,原先在屋檐上的士兵被人用长钩钩落,发出阵阵惨叫。

曹玮大惊道:"吕夷简,你这个老东西竟敢暗算我?"

"曹大人,本官只是个文人。"

两人同时往门口看去,等候他们的是总管太监李德海。以前,李德海收了曹玮的银子定会吐露一些风声,可现在李公公神情冷漠,道:"圣上口谕,请曹大人和吕大人即刻到延福宫。"

曹玮在延福宫被卸下佩剑,双脚颤抖,无法站立,吕夷简只能扶着他走入内殿。他们每走过一扇朱雀门,门就由太监们闭合。

赵祯道:"两位爱卿,来了。御膳房做了几样小菜,朕要和你们畅饮!"

吕夷简谢过皇帝后,从容地拿起了玉筷,细心品尝起来,道:"这猪肝做的'肝脏夹子'倒是不常见,没想到味道竟然这么可口。"

赵祯也吃一口,道:"这食材最难收拾,手艺稍微糙点,便去不掉腥味,只有朕的御膳房能化腐朽为神奇。"

吕夷简道:"圣上愿意吃寻常百姓的菜,真是一代仁君!"

"可我听说现在老百姓都吃不上这猪下水了,是不是?"赵祯放下筷子说,"朕还听说,要是再晚一点回宫,朕也没有机会再吃这道菜了,是不是?"

本来就失了魂的曹玮一听,玉筷跌落在地。恰巧此时,范仲淹快步上前禀告:"圣上,叛军已被拿下,听候发落。至于背后主谋,他们交代是曹大人!"

九、拯救危难

气急败坏的曹玮站起身,道:"一派胡言,范仲淹,你这是在诬陷忠良!圣上,请您明鉴!"

吕夷简喝完杯中酒,重重地跪在地上,道:"圣上,曹大人夜访老臣府宅,企图劝老臣谋反。老臣当时被曹玮胁迫,无法及时禀告圣上,老臣有罪!"

"现在开始推托罪责,朕告诉你,晚了!"赵祯走到曹玮面前怒斥道,"朕待你曹氏一族不薄!你的侄女是皇后,你的儿子官拜正三品,你位高权重,现在居然想谋害朕!"

曹玮扑在地上惊慌失措,大声哭喊:"圣上,恕罪!老臣糊涂了,老臣糊涂了!"

赵祯上前,用剑指向曹玮,道:"你这个混账东西!连自己的亲人都想谋害朕,朕不知道以后还能相信谁?你不顾皇家脸面,竟然要害朕的龙种!"

"圣上,是那个贱人!她根本没有怀龙种,不是臣妾的错!"曹皇后也被侍卫押解而来,她的神智有些不清,一直在重复张妃故意要害她的话。赵祯走到她的面前,她也没有任何反应。

赵祯望着眼前疯癫的皇后,又看了看这一把年纪掩面哭泣的曹玮,叹了口气道:"你们都想害朕,但是朕不会害你们。朕失去了龙种,但朕不想再失去你们了。曹玮,你就回家养老吧!"

曹玮顿时止住了泣声,望着皇上连连道:"罪臣谢圣上隆恩!"

"来人,将曹皇后送回宫吧。她丢得起皇家身份,朕丢不起。"赵祯转身看到吕夷简还跪在那里,摇了摇头道,"吕相对朕有再造之恩,罚你连降三级吧!"

第五卷 三川喋血

"谢圣上!"吕夷简十分坦然地说。

文德殿外的官员比以前要多出数倍。赵祯下令京城二品以上、外省四品以上的官员全部进京面圣。范仲淹代替了吕夷简的职务,站在百官之首。不仅如此,欧阳修、蔡襄、王素、余靖,甚至是许久未见的韩琦也都位居前列。

赵祯道:"好久没见到各位大臣了!朕昨天梦见太祖了,他拷问朕,一个好端端的大宋到了朕手里,怎么变得如此不堪?连一个小小的李元昊都剿灭不了,你们睡得安稳吗?朕昨天是哭着醒过来的,朕有愧于先帝,朕有愧于列祖列宗啊!"

群臣叩首道:"臣有愧先帝!"

"都起来吧!"赵祯感到有些疲劳,又坐回龙椅,"朕有时候在想,到现在都没有皇子,这是上天在惩罚朕的无为吗?昨夜的事你们都听说了吧,朕感到丢人!朕不知道还有什么脸面在百年之后面对列祖列宗。都说说吧,问题出在哪里?"

龙图阁学士宋祁上前道:"圣上,臣以为古今战事,并不绝对是以强胜弱,当年太宗兵粮有余,可还是兵败高梁河,如今我大宋无法胜西夏,缺少'上兵伐谋',而逆贼诡计多端。"

"是啊,兵不厌诈。但是你们有没有想过,为什么两战皆败?难道只是因为李元昊有了张生的辅佐吗?"赵祯拿起奏章道,"户部侍郎王德朗,你给我出来!朕念你祖上恩德,给你公田。你倒好,还要鱼肉百姓!刑部员外郎廖才给我出来,朕让你公平决案,你倒好,背地受贿,谁给的银子多谁就无罪。你的良心给狗吃了吗?还

九、拯救危难

有你们,你们一个个徇私舞弊,参你们的奏章已经堆满朕的延福宫了。要朕把你们全部撤职查办吗?朕以前觉得大宋最危险的地方是边境,现在才知道,最危险的地方就在这文德殿内!"见到群臣都不说话,赵祯放缓了语气道,"朕只是要治治你们的病,等你们病好了,你们仍然是朕的臣子,大宋的顶梁柱!昨天,范仲淹上了一道折子,朕觉得可行。范大人,给他们念念你的良方吧。"

范仲淹接过折子,环顾群臣。也许是久未露面,对于金光闪闪的文德殿他有一种眩晕感,但是很快他稳定情绪,念道:"臣以为今日之格局,在于吏治之无为。唯有变法,才能使宋成为天下之霸主……法不施,则人无为。其一,废磨勘,各省官员升降,皆看政绩;其二,抑侥幸,功臣老将之子女需得考核才能世袭恩荫,其余士子参与科考入仕;其三,府兵开用,在京城附近地区招募强壮男丁,充作京畿卫士,用来辅助正规军,寓兵于农,节省给养之费……"

十、巅峰决战

1. 老臣误国

年轻的枢密副使欧阳修正率领几个知院同行,核对因恩荫制度造成官僚滥进的人数。恩荫制度自宋朝以来就是一大弊政,一人做官全家皆官,拿不完的朝廷俸禄,搜刮不完的民脂民膏,这是滋生贪官的温床。范仲淹提出的五条法令"明黜陟、抑侥幸、精贡举、择长官、均公田"都与此有关。

欧阳修看着这些受恩荫的名单,其中不乏手握重权、家世显赫的官员。"你看看这个学士,二十年内通过恩荫,其兄弟子孙出任京官的就有二十人。国库就是给这些人弄垮的。"欧阳修未曾料到,光是整理这些受恩荫的子弟名册就已花去了七天。

尽管第一批去职名单已登榜公示,可是主动上交官印的大臣还是寥寥无几,更不要说退出官宅了。欧阳修眉头紧皱,尽管他不到三十岁,但是为了这件差事已像一个疲惫的中年人。不交官印是抗旨,不移官宅是抗命。他双手握拳,重重地砸向桌面,道:"来

十、巅峰决战

人!将名单上的官员都给我押到这儿来,我倒要瞧瞧这些人的嘴脸。"

知院门口站满了官员,争吵声不绝于耳。其中以尚书兵部郎中王绎、殿中丞陈修古、大理评事陈博古三人吵闹最甚。

陈修古大骂:"狗仗人势得意什么?"

欧阳修将笔墨掷去,道:"大胆陈修古,你竟然敢辱骂钦差大臣?"

陈修古不知收敛,反而对身后同僚大笑道:"我问你,欧阳大人是哪年状元及第?"

"下官是天圣八年殿试十四名,位列二甲进士及第。"

陈修古又是大笑,道:"我高祖五代任掌书记、三叔陈尧咨被封为太尉。三代都是天子门生,状元及第。你一个进士也敢动我?"

欧阳修命侍卫将陈修古拿下,道:"那是你祖上积德,而你们坐享江山。陈家十子,各个高官厚禄,朝廷要动的就是你们这等纨绔子弟。给我押下去,听候发落。"

闻听此言,官员们才知欧阳修并不是口出狂言。一代名臣陈尧咨的后人竟然被捉拿入狱,这在大宋建国以来,闻所未闻。况且陈家十子个个都身居要位。他们若果真被取消恩荫,新晋的官员未必能及时补上。

陈博古见陈修古已被拿下,竟随手举起鞭子抽打欧阳修,道:"竟敢管起我们来了!"欧阳修双目瞪向陈博古,没有还手,而那些被罚的官员则一个劲儿地叫好。

虽然怒气未消,陈博古挥舞的鞭子被一双大手制住,也许他轻视年轻的欧阳修,但是对声名在外的范仲淹,他露了怯。

范仲淹道:"公然殴打钦差大臣,这是藐视朝廷。给我带下去,打三十大板!"

闹事者三人,两人已被侍卫拖走,一旁的王绎见情形不对,想暗暗退下。

范仲淹阻拦道:"王大人既然来了,为何要走呢?"

"大人,我不像他们,我的叔父王曾是当朝皇帝的老师,叔父教导我们不贪不执,兄弟五人,只有我和弟弟受恩荫。范大人,家父王晖勤俭有度,现在病重,全靠下官的一点俸禄养活。要是大人撤了在下的职位,一家十几口人全无归宿啊!"

范仲淹没有回应,而是对欧阳修说:"无论对谁,都严格执行变法条令。"

最后,王绎被告知三日之内必须全家搬出官宅,回到自己的住所。年迈的王晖正躺在病榻上,一副垂垂老矣的样子,不断咳嗽。

王绎说:"父亲大人,这范仲淹是往死里逼我们啊!"

王晖慢慢起身,费力地说:"吾儿莫怕。王家三代忠良,恩荫是圣上对我们的嘉奖和信任,老臣不信圣上会让有功之臣流浪街头。"

"王兄,你可安好啊?"在门外宋祁拿着几只箱子来看望王晖。宋、王两家可以说是世交,当年正是王曾向圣上鼎力推荐宋祁,这才有了他官运亨通的现在。不过,更为可敬的是宋、王两家对朝廷忠心不二,各自沿袭祖辈美德,历代都以清廉爱民著称。

十、巅峰决战

几天前,还在病榻上的王皞穿衣备马来到宋府,将自己的难处告诉宋祁。

"我已是半截身子快入土的人,死不足惜;但绎儿要是被夺了官位,我这宋府十几口人该如何是好呢?"宋祁再次听到了这句话,他明白王皞的为人,一生清廉,布衣状元,估计连棺材钱都捐给了黄河决堤的百姓!

宋祁说:"老哥哥,圣上现在一心支持变法。只要是替他人求情的官员都被撤职查办,除了早朝他谁也不见。范大人忙于农桑秋收,更是见不着面,我也不知道如何是好啊!"

宋祁指了指一只破箱子,原来他将自己的字画变卖,加上自己的俸禄,凑成这些银两和首饰。宋祁说:"老哥哥,这些你先拿去用吧,等圣上空了,我再随朝觐见。王家三代忠良,圣上定会为你破例。"

王皞叹了口气说:"既然是圣上要求的,我王家就必须要迁出官宅,不然有何面目再谈忠良? 老弟,东西你拿回去吧,要是给了我,你自家还如何生活? 这些恐怕也是你的半生积蓄,为兄消受不起。"

"老哥哥,那你如何生活?"

王皞笑道:"我自有办法,自有办法……"重复几遍后,突然立住不动了。

几天后,王皞为了不连累家人再花重金为他治病,用藏在被子里的匕首自尽了。

血慢慢渗出来,透过床沿,滴落在地。

第五卷 三川喋血

"李德海,他们走了吗?"赵祯躺在一把藤椅上,手执书卷。

几十个大臣眼见范仲淹的吏治改革愈演愈烈,他们只能拜见圣上。这批人大都是先帝时的功臣,其中有些臣子曾帮助他顺利登基。赵祯不想见他们,怕看到他们求情,自己的心肠会软下来。

李德海回答:"圣上,大臣们还是没有走。他们说见不到圣上,就不走了。"

"那就让他们跪着吧!"赵祯呼出一口大气,"李德海,将范仲淹配的药拿过来!"自从服用范仲淹所配的药,赵祯的身体比以前好了些。范仲淹说,这是西域良药,若非气急之时,尽量减少服用。服下药引后,赵祯仍十分淡然地看着手边书,只是那一页很久没有翻过去。

很快,李德海又走到他身旁,赵祯询问他大臣们有何举动。

李德海道:"大臣们并无举动,只是吕夷简要求觐见圣上。"

这吕夷简降职两级为右仆射,此次的取消恩荫和他没有关系,此时来见不免蹊跷。

吕夷简给赵祯带来一个重大消息,王曙自尽了。

赵祯从藤椅上跳起来,不敢相信王曙会为了取消恩荫而自尽。

身旁的吕夷简还在添油加醋,道:"王大人说,他一生清廉,三代忠良,宁可选择自尽,也不愿意请圣上开恩。老臣已无子受恩荫,但是老臣恳请圣上给大臣们一条生路吧,哪怕放缓革新也好!"

"传令下去,王氏的碑首为'旌贤之碑',改其乡为'旌贤乡'。特封王曙之子王绎,出任尚书兵部郎中、秘阁校理。"赵祯又知会李德海,"去内务府拿五百两银子给王绎,叫他厚葬其父。"

"圣上,老臣还有一事要禀报。"见赵祯点头,吕夷简继续说道,"由于录取名额减少,京城学子纷纷罢学,有人还在相国寺贴了不满朝廷的标语。老臣实在说不出口。"

"但说无妨。"

"他们说圣上不重视读书人,改革实行,十之八九的人都要丢官。考取功名,是极万分之一的可能。不如去街边要饭,还能有一口饭吃!"

"混账,学子的书都读到哪里去了。"赵祯眯起眼细细思考,吏治改革一定会牺牲部分大臣、百姓的利益,但是不改革,国力不强大,无力对外作战。

"吕大人,你觉得为今之计是停止范仲淹的变法吗?"

"圣上,大宋与西夏依旧在打仗,战时进行内部变法,很容易会引起百姓恐慌。大臣们也会认为是朝廷没钱,只能从他们身上克扣充当军饷。臣以为,应当放缓新政节奏,稳定人心。"

"新政不实行,大宋危矣;新政实行,朝廷危矣。"吕夷简说完这两句话,再次向赵祯叩首。

"吕卿,无须多言,朕自有分寸。"

2. 危险出兵

自新法颁布以来,反对声音不断,但是数月以来,国库的银两充实不少,冤假错案大大减少,减轻赋税不再是一纸空文,百姓对范仲淹充满了好感。眼下他正在石州考察当地农耕,山水秋色、晚霞映照。只是山上是光秃秃的山脊,百姓说,不知为何,这里很难种出粮食。

范仲淹看着荒凉的景象,不由诗兴大发:

碧云天,黄叶地。秋色连波,波上寒烟翠。

山映斜阳天接水。芳草无情,更在斜阳外。

"老爷,为何如此愁苦?"小莲踏着款款细步而来。这次到石州,小莲始终陪伴在其左右。

"老爷,是不是想家了?"小莲问。

"不不,我不是想家,而是只恨不能再年轻二十岁啊!"

小莲捂住范仲淹的嘴,道:"不许这样说,我们的日子还有很长很长!"

福熙策马前来,身后跟着一个庄稼老汉。福熙道:"老爷,这就是我和你说过的田老大。"

田老大浑身发黑,只是笑起来露出一口大白牙。

小莲不禁问:"田老大,你的牙齿怎么这么白?"

田老大笑嘻嘻回答:"小的用柳枝、槐枝、桑枝煎水熬膏,入姜汁、细辛之后揉成粉末擦牙。夫人,你看这就是混粉,刷子是小的用马毛做成的。"

小莲脸一红,跳到范仲淹身后,轻轻拉了拉范仲淹的袖口。范仲淹说:"田老大,你还有没有多余的粉末和刷子,我……我向你买。"

十、巅峰决战

田老大说:"哎呦,青天大老爷,把它送给您可是小的荣幸啊!"尽管田老大再三推辞,范仲淹仍给他二两银子。

田老大接过银子,眼睛一亮,说:"大老爷,小的还有一样发明,老爷肯定用得着!"

田老大从远处费力地拖出一只箱子,里面有一把弓箭。范仲淹拉开弓,朝远处射去。此物不同寻常,只听"咻"的一声,风声呼啸,箭射至一棵槐树上,大家刚想赞叹,槐树"砰"的一声火光四起,片刻之间,槐树已变成焦木。

"好!好!好!"范仲淹大叫三声,"田老大,你可是为大宋立功了。以往只在《武经总要》中听闻此神器,现在眼见为实,范某好生佩服。田老大,你可是让我开眼界了。"

田老大顿时声泪俱下,道:"范大人,犬子从军战死在延州,小的发明此物,就是希望为吾儿报仇。请范大人带上它,炸下李元昊的脑袋。"

范仲淹听后更是感慨,道:"田老大,走,去你的住处。我要和你畅谈一宿,你是奇人!"

"小的只是贱民,怎么能让大人您去俺的茅草屋呢?"

"哎,我自幼便住茅草屋,草屋睡得香甜。田老大,你尽管引路便是!"

行至半路,田老大指着远处,突然发疯似的跑去。一座茅草屋正燃烧起来。范仲淹等人来不及救火,竟被几个蒙面刺客包围。由于轻装上路,除了几个随从,范仲淹再也没有带任何侍卫。

管家福熙拦在面前说:"老爷,保护好夫人。老奴会会他们!"

范仲淹说:"你们先走!几个毛贼而已。"

蒙面刺客武功不低,都是一等一的高手。范仲淹等三人来不及拿上兵器,只能赤手空拳与之缠斗。小莲逐渐体力不支,范仲淹手臂受伤。福熙的武功不如范仲淹,逐渐处于守势。突然,田老大拿着几个火球,大喊:"范大人,快闪开!"

范仲淹心领神会,拉上小莲和福熙向后退去。田老大的火球发出震天的响声,蒙面刺客被炸得不见尸首。范仲淹纵身一跃,逃离火海。

众人跑向田老大。

范仲淹大叫:"田老大,你不能死啊,你要看到大宋将士为你的儿子报仇啊!田老大!"

田老大从怀里掏出一张旧纸,吃力地说道:"这是制作火霹雳弓箭的方法,范大人,一定要为我报仇!"

福熙将拳重重砸向土堆,道:"李元昊欺人太甚,竟敢派杀手暗杀老爷!"

"我看未必是他,"小莲脸有些红,说道,"西夏武士的招式快、准、狠,而这些蒙面刺客一招一式沉稳有力,我看像宋人所为!"

范仲淹不再作声,额头多了几道深纹。变法刚刚起步,已经遇到重重阻碍。他和同僚们在惠州遇到刺杀;在宜州下令实行农桑制,农田一夜之间变为秃石;这次又遇刺客,差点要了他的命。背后的这股力量复杂多变,显然皆是为变法而来。尽管屡遭危险,但他不愿意对身边的人多说。

远处传来一阵马蹄声,几个穿黄衣的侍卫策马而来。

十、巅峰决战

"请问是范大人吗?"

"正是在下!"

"圣上有旨,请范大人迅速回宫觐见!"

从石州到京城相距七百里,皇上如此紧急要召见范仲淹,想必有大事发生,所有人都不由紧张起来。范仲淹脸上没有表情,与往常一样谨慎地翻查侍卫所携圣旨并询问他们的官职令牌。

待确认后,小莲说:"老爷,你这就走了?"

"朝廷之事不得有误。福熙,你送夫人回府。"范仲淹骑上马背道,"快了,忙完这次,以后就可以听你弹琴了。"

小莲有些意外,素来自信的范仲淹竟然说出如此落寞之话。可想而知,现在的情况是如此的复杂,但她不能显露慌张和过分的担忧,这样他会分心的。她像往常一样——给他一个微笑,等他归来。

很快,他消失在夕阳下。只有马蹄声由近及远,融在晚霞之中。

3. 杀机暗藏

近些日子,吕府可以说是宾客盈门,这些大臣纷纷要求吕夷简和他们一起联名上书皇上。当然,事出有因。前段时间,因采纳范仲淹的府兵制,各地农民纷纷造反,说是既要打仗又要种田,工钱不增反减。庆历三年(1043)五月,王伦率百余人杀沂州巡检使朱进,遂占沂州据以起义;同年六月陕西大旱,商州农民一千多人,在张海、郭邈山、党君子、李铁枪等人领导下起义,活跃于"京西十余郡,幅员数千里",当地官员纷纷逃窜。

赵祯不得已下令取消新政以来的多项措施,守旧官员们见状纷纷上书请求朝廷取消新政。新政一旦取消王公贵族不会再担心土地流失,大臣们不会顾忌家族恩荫被取消,农民们不会担忧无地可种,只是朝廷的负担更加重了。吕夷简从暗处观察这些大臣,不禁摇摇头,他们都不如丁谓、曹玮之流。他对管家说:"告诉他们,说我病了,不见客。"很快,大臣们抱怨几句都散去了。吕夷简穿上一件粗布衣,头上戴着缺了一角的斗笠,朝吕府后面走去。他让管家雇了一辆破旧的马车,管家刚想上车,却被他阻拦道:"跟我去会被怀疑的,你留在这里。"

吕夷简跟马夫耳语几句,就钻入车内。他们行走了两天两夜,终于在一座山下停住。他给了马夫足够多的银两,自己拄着拐杖上山。这里地势偏僻,即使樵夫、药农也不愿来此。

终于,他来到了一座庙。说来也奇怪,原本幽暗至极的山谷,到了这座庙却灯火通明。庙门外数十个士兵把守着,但士兵见到了他都像换了副表情。

"吕大人,您来了。我家老爷等您很久了。"

吕夷简微微颔首,便迈过门槛。内室的布置别无特色,只是蒲团上坐着一位老者,说道:"吕大人,不辞辛劳来此,所为何事?"老者回过头,原来是夏竦。

"夏将军别来无恙吧!"

自从好水川失利后,主帅夏竦就被贬为知州。当初范仲淹、韩琦等先贬后升,而他仍然在这一隅之地做小官。

十、巅峰决战

"吕大人来此,不会只是问一句别来无恙吧?"夏竦笑道。

"大人就不想知道,为何同样失利,范仲淹升为平章事,而你只是个知州的原因吗?"

夏竦答:"主帅之过,夏某并不推辞!"

"糊涂!"吕夷简将拐杖往地上敲了三下,"你我都是老臣,我们只是贬官那倒罢了,可是如果国家遇到危难,我们为人臣子真的能坐视不管吗?夏将军,你想想,我都是一把老骨头了,为什么还要来到这不毛之地?我是为将军不值啊,为圣上蒙蔽双眼而愤怒啊!现在,范仲淹新政变法,轻则误国,重则亡国啊!你想想,要是新政成功,你我这样的老臣自然再无立足之地;要是变法失败,这江山还是赵家的吗?"

夏竦原本就是武将出身,被吕夷简这么一说,接口道:"你怎么知道我没有动过范仲淹?"话一出口,覆水难收。

吕夷简质问:"你派人暗中行刺他?"

夏竦自知失言,便不再顾忌,道:"没错,我也看不惯这姓范的。当初明明是我向圣上举荐他的,怎么现在他倒是官越做越大了!"

吕夷简知夏竦防线已破,颇为轻松地说:"夏将军,范仲淹武艺高强,恐怕难以行刺成功。吕某这次就是为范仲淹而来。我命管家已探查清楚,范仲淹的小妾就是夏国贵族之女!好水川之战就是因为她延误军情,导致范仲淹迟迟不派兵援助将军。"

"原来是她坏了老子的好事!"一想起好水川之败,夏竦就气得牙痒痒。

"吕某还发现,范仲淹与欧阳修有朋党之嫌!"

一听"朋党"二字,夏竦不由端坐,道:"吕大人有无实证?"

吕夷简大笑道:"现在范仲淹大权在握,又有兵权在手,大批官员都是他的革新派。圣上也有疑心。只要夏将军参他一本,自然就能水到渠成。"

"可是现在范仲淹大权在握,又是圣上身边的红人,扳倒他不易吧?"

吕夷简从怀里掏出一封信,道:"边关来报,李元昊准备开始全力围攻延州城了。夏将军,宋军将领一半已损失,这次不派他还能派谁?只要范仲淹一旦离开京城,你再上一道折子,圣上最喜欢听谏言了。夏将军升官有望了。"

夏竦大笑道:"吕大人果然神机妙算,本朝能臣啊!"说着向外招了招手说,"来人,给吕大人接风!"

"不必了,夏将军留步!府上还有数十位大臣等着吕某一同商讨如何参他一本呢。"

笑声再次传开。吕夷简坐回马车,手里拽紧吕赞的随身玉佩,自语道:"赞儿,快了快了,等杀了范仲淹,为父再来陪你!"

4. 向死而生

"圣上,臣眼下更愿意整顿吏治。国库的钱粮已经慢慢充实,新政初见成效。臣这一走,岂不是废了新政的功业吗?"范仲淹接过圣旨,恳求道。

赵祯正在练字,并没有停下,缓缓道:"请你为将,实乃逼不得已。葛怀敏给朕上折子,这次李元昊集结了十万精锐之师,他们已

十、巅峰决战

经屯兵天都山。探子来报,张生献计'宋军精骑皆聚于诸边州,关中少备'。一旦攻破渭州,关中无险可守,你要让朕迁都吗?"

范仲淹牛脾气上来了,道:"那就恳请圣上扩大平章事职权,兼领军事。"

"混账!"笔上的字一歪,一副本该是佳作的对联,现在成了拙笔,赵祯放下笔说,"你这是把朕置于何处?新政激进,几位老臣已经把朕的耳根子都磨破了。你倒好,现在又要统领军政?大臣们会怎么看你,怎么看朕?"

"圣上,一家哭怎比得一路哭呢?臣知道失言,但臣是为天下百姓而言!"

赵祯叹了一口气,说道:"范爱卿可能累了,此次就做征讨西夏的经略安抚招讨使吧,打仗的事交给葛怀敏、狄青他们吧!遇到拿捏不准的情况,你可自行决断,不必向朕请示!"

范仲淹无奈领旨,退出去的时候还再三恳请:"圣上,新政千万不能停。"

"朕自有分寸,下去吧!"赵祯背过身,余光却忍不住瞥向夏竦递上来的折子,"朋党"二字犹如芒刺在背。

范仲淹来到延州时,李元昊正与葛怀敏在瓦庭激战。葛怀敏深陷包围圈,西夏军并不急于攻击,而是由骑兵不停收紧包围圈。许久未见的李元昊正挥舞大刀叫嚣:"这一次要把尔等一个个都灭掉!"

葛怀敏呵斥道:"我要和你们主帅单挑!"身边传来一阵讥笑的

声音,随即葛怀敏被流箭射中左臂坠马,要不是被手下掩护,恐怕早已被乱马踩死。

形势危急,范仲淹来到包围圈侧后方,大喊:"李元昊,老夫在此!"

西夏军作战凶狠,但纪律性差。一见到仇人范仲淹在此,不等将领下令竟全部提刀奔去。不过,这也难怪,范仲淹身边只有几十个骑兵,此时不捉拿更待何时?就连李元昊自己恨不得第一个取了范仲淹的命。

范仲淹见葛怀敏已脱险,示意埋伏两侧的士兵点火放炮。

范仲淹的援助,使得局势发生了变化。原本被逼到绝境的葛怀敏见势又指挥队伍进攻西夏军后方,李元昊反而陷入宋军的包围。

可是,葛怀敏求战心切,两军近身肉搏,混战在一起,范仲淹一时也开不了霹雳炮。

身旁的士兵问:"范大人,这到底开不开火啊!"

犹豫之际,另一侧张生的人马已经赶到,他的身后是被绑缚的李胜男。

张生大笑道:"范仲淹,快放下兵器下马投降,否则我就杀了她!"

"张生,你敢!"向来凶狠的李元昊见自己的亲妹妹竟被五花大绑架在刀刃上,愤怒不已。

张生道:"君上,范仲淹的大炮一开火,你我都将葬身于此。"

李胜男道:"哥哥,你真的要杀我吗?"

十、巅峰决战

几年未见,李胜男不再是当初那个古灵精怪、大大咧咧的假小子了,眼神中反而多了一些忧郁。她看着范仲淹一身战甲站在高处,没有再说什么。

突然,李胜男挣脱捆绳,她的背后藏着一把小刀,径直朝李元昊走去。"哥哥,你为什么就不能听父亲的话呢?"李元昊并不理睬她。

"哥哥,你跟宋朝皇帝和谈吧!他们肯定会放过你的……"话音未落,李胜男的背后被插入一把长剑。

张生拔出带血的长剑说:"妖言惑众,还想行刺君上!"

李元昊下马推开张生,抱住李胜男。只有他知道妹妹是不会行刺他的,这把小刀是十岁时,他送给她的生日礼物。他希望妹妹像哥哥一样,驰骋沙场。

她转头望向范仲淹,露出微笑。

"别打了!"这是李胜男留下的最后一句话。

双方互有损伤,相继退兵。

夜晚,葛怀敏来到范仲淹帐前请罪。

"葛将军,快请起,你我都是旧相识。"范仲淹扶起葛怀敏,"你是圣上钦点的先锋,我只是军师,你这样跪着是有违军规的。"

葛怀敏仍然不起,道:"范大人,我从小就认这个理,不作亏心事,否则,不得好死。这次差点丧命也许是老天爷给我的报应吧。范大人,我也是不得已!"

"葛将军,有什么事你就直说吧!"

葛怀敏见四周无人,压低声音说道:"范大人,其实圣上也不支持变法。您在宜州颁布农桑法的时候,圣上令我一夜间将百姓田地变为秃石,在商州剿匪,圣上又命我围而不歼。所以,我寻思圣上也不希望新政成功。"

"那圣上有无杀我之心?"

葛怀敏连忙摇头说:"绝对没有,这一点我敢保证。圣上每次给我布置命令的时候,都要向我强调,绝不能误伤范大人。"

"有圣上这句话,老臣万死不辞!"

葛怀敏疑惑道:"范大人何至于此?现在我们有霹雳炮,何愁不能灭西夏?"

"葛将军有所不知,这霹雳炮原是出自一农民之手,现在弹药吃紧,无暇铸造。张生素来诡计多端,恐怕这次大宋危矣!"

葛怀敏知道范仲淹并不是胆小怕事的文臣,他说大宋危急,必有他的道理。

"现在,李元昊左右厢兵十万人,分东西二路,一出刘璠堡,一出彭阳城,合击镇戎军,直下渭州,攻占关中之后……"

葛怀敏双目紧盯范仲淹所指的地图,冷汗不由得从后脊冒出。

"范大人,那可如何是好?以眼下我军实力绝无可能胜西夏铁骑!"

"未必如此。范某有一计,只是此计甚险,需要众将领的配合!"

"且慢!"葛怀敏对着帐外的将领道,"都进来吧。"

几位将领见范仲淹欲言又止,纷纷立下军令状:"范大人,你就

十、巅峰决战

说吧！末将愿誓死忠于朝廷，保卫大宋江山。"

"好，范某就直言了。李元昊有勇，张生有谋，但现在两人之间的嫌隙巨大。无论是刘璠堡还是彭阳城，我们只要守住一路，李元昊就绝无可能直取关中。"

葛怀敏问："那范大人的意思是让我们放弃一路？"

"不，放弃一路，就会引起张生怀疑。兵不厌诈，范某的意见是，所有三品以上将领只带两万人马领兵定川寨，四品以下的将领率八万人马镇守原州。李元昊看到宋军大将都在定川，他们定猛攻不止，而原州的八万人马则铸成铜墙铁壁。"

范仲淹说完，周围顿时安静下来。这招险棋的后果就是大宋名将会有全部阵亡的危险。不过除此以外，也没有良策。"大家放心，范某定当身先士卒，镇守定川！"

这一次是生死对决。

葛怀敏为范仲淹倒酒，说："范大人，喝下这碗酒，你我就是生死之交了。"

"好兄弟！"范仲淹干下这碗酒，头顿时晕眩不已，倒在地上。

翌日，范仲淹醒来时头是晕着的，昨日还在军营喝酒，现在他却发现自己身处客栈。小二说："一位年轻的军老爷将您送到店里，什么也没说，就给了二十两银子，叫我们好生伺候着！"

"不好！"范仲淹来不及换衣就直接从客栈冲出。

客栈离战场不远，当他抵达时，尸横遍野。"葛怀敏、刘贺、许思纯、赵珣、曹英……"他一遍又一遍喊着将士的名字,可是无人回应。

定川寨之战打得十分惨烈,宋军十六位主将全部战死沙场,他发现了奄奄一息的葛怀敏。

"葛怀敏,撑住,我帮你止血!"范仲淹撕下袍子,想给他做进一步的治疗,却被他用手按下。葛怀敏摇头道:"没有用的,范大人。告诉圣上,葛怀敏没有让他失望,狄青的原州守住了……"

"葛怀敏!"无论范仲淹再如何使劲呼唤,葛怀敏再也没有醒来。

"我等你很久了!"张生手提着刀慢慢向范仲淹走来,张生腿上还流着血,刀上也淌着血滴。

范仲淹举起葛怀敏的剑,向他砍去。尽管张生的武功不如范仲淹,但是张生并不放弃,每次倒地又重新站起。

正当对剑之时,两人的剑托被一把长矛挡开,双方都向后退了几步。

"妹妹说过,叫我别打了,你们也别打了!"李元昊说道。

张生拦在李元昊的马前说:"君上,现在你我二人合力,为何不结果了他?"

李元昊并未理睬张生,骑马经过范仲淹时说:"你损失了挚友,我损失了妹妹,没有胜利者。你是君子,那日你不杀我,现在我也做一回君子。"李元昊回头又说,"张生,你的家人并非是范仲淹所害!那几日我也在宋朝境内,范仲淹还在喝花酒呢。害你的人是吕夷简,过去不告诉你,是为了让你为我所用。现在你杀了我妹

十、巅峰决战

妹,你我君臣恩怨已了,你好自为之吧!"

说完,李元昊和残兵们向西而去,那里是他们的故土。

张生听到这个消息,嘴角不停地抽搐道:"吕夷简!吕夷简!"他仿佛失去了心智,时而哭时而笑。

"你也是可怜人!"范仲淹从怀里掏出了所有的银两,塞到张生手上。他没有再看张生,而是望着尸横遍野的战场鞠了一躬。

庆历四年(1044),大宋与西夏签订议和协议,李元昊取消帝号,向大宋称臣,大宋则每年向西夏交纳岁币,包括大量绢、茶叶和银两。自此历经四年的战事就此终结。

尾　声

　　这是范仲淹最后一次在文德殿上朝面圣。赵祯十分罕见地没有说话，而是直接由李德海宣读圣旨，追封定川寨之战的阵亡将领并赐谥号，子女加官晋爵，其中封追葛怀敏为镇戎军节度使兼太尉，赐谥"忠隐"，其幼子葛宗晟、葛宗寿、葛宗礼、葛宗师皆升官。

　　欧阳修、宋祁等人因夏竦的"朋党论"被贬谪在外，而对范仲淹却并不宣布其何去何从。

　　此时重新得到重用的夏竦上前说道："圣上，臣有本启奏，范大人的小妾是李元昊派来的细作，其人用心之险恶，令我等臣子心寒，请圣上明察！"

　　赵祯并未翻阅奏折，而是直接说道："范仲淹私通逆贼，勾结朋党，但念其年事已高，朕不想追究了。做个安安稳稳的小官吧。"

　　看着范仲淹谢恩并慢慢退出文德殿，赵祯的手使劲捏紧身后的龙椅。

　　赵祯默叹："自古君臣皆如此。朕肯定相信你不会勾结乱党，私通逆贼。可是这清官也罢，贪官也罢，朕都要用他们。弃之，朝

尾 声

廷无法运转。可朕的这片苦心,又不能说与你听。"

皇宫的大门慢慢关上,范仲淹已经五十六岁了。他摸着泛白的胡须,几个新来的侍卫上前簇拥着他。

小侍卫们说:"范将军,我爷爷说你是大英雄!""范将军,你独闯皇宫救圣上的事迹给我们讲讲吧!""范将军,你的功夫是怎么练出来的?"

……

离开皇宫,他没有直接和朋友告别,而是来到了一生的对手吕夷简府中。吕府空荡荡的,毫无生气。就连平日专横的管家也失去了往日的刻薄样,因为他家的老爷快不行了。

"真没想到,我吕夷简纵横官场四十余年,走之前,竟然只有你来看我!"吕夷简边咳嗽边笑,"天意如此,天意如此。"

范仲淹扶起吕夷简,将茶水递过去,道:"慢点喝,慢点喝!吕大人,我范某一生光明磊落,不惧任何人,只是每次看到您总心生惭愧,所以想过来看看你。令公子……"

"罢了罢了,这些天我想了很多过去的事。当初我们雄心壮志为何要考取功名?不就为了这江山社稷吗?怎么官越做越大,心却越来越小呢?赟儿心高气傲,自有他的因果。你看,为官时,我这里宾客盈门。现在临走时,只有一个光明磊落的范仲淹在旁,足矣!"

天空飘起了雨雪。范仲淹耸了耸肩,想找个地方避雨,却发现小莲正打着油纸伞在吕府外等他回家。